Wenn Träume Tango tanzen

Ich stand im Klassenzimmer und schrieb eine Matheaufgabe an die Tafel, als es plötzlich hinter mir schepperte.

Marvin war mal wieder mit dem Stuhl umgefallen, weil er sich mit ihm gegen die Heizung gelehnt hatte.

Er rappelte sich auf und sagte kleinlaut:

„Entschuldigung Frau Martin! Kommt nicht wieder vor!"

Ich musste grinsen.

„Ach Marvin, Du solltest lieber nicht wetten!" antwortete ich. „Das war diese Woche schon das dritte Mal!"

Die Klasse lachte und war jetzt gar nicht mehr dazu zu bewegen, dem Unterricht zu folgen.

Es war heute unerträglich heiß.
Wahrscheinlich würde es nach der ersten
Pause ohnehin hitzefrei geben.

„So Kinder, ich habe Verständnis dafür,
dass ihr keine Lust mehr auf Mathe habt.
Bei diesen Temperaturen kann sich ja keiner
richtig konzentrieren. Beschäftigt euch mit
irgendwas, das keinen Krach macht. Es ist
sowieso gleich Pause."

„Danke Frau Martin!" kam es aus dreißig
Kehlen.

Ich lächelte und wedelte mir mit dem
Klassenbuch etwas Luft zu.

Als es zur Pause klingelte, verließen die
Schüler in Windeseile den Klassenraum. Ich
schlenderte in Richtung Lehrerzimmer.

Im Raum saßen ein paar Kollegen und
stöhnten, genau wie die Schüler, wegen der
Hitze.

Michael Kaufmann, der Lehrer für Deutsch
und Musik, hatte seine Krawatte gelöst und
große Schwitzflecken unter den Armen.

Die Tür öffnete sic[...]artin Sattler, der stellvertretende Re[...]r Gesamtschule, an der wir unterric[...], sagte laut:

„Feierabend für heute. Es sind fast dreißig Grad. Es gibt hitzefrei!"

Meine Kollegen und ich standen auf und packten unsere Sachen zusammen.

„Ich geh gleich ins Schwimmbad!" sagte meine Kollegin Bettina Becker. „Kommst Du mit?" fragte sie mich.

Ich schüttelte den Kopf.

„Heute nicht. Am späten Nachmittag kommt mein Bruder zu Besuch. Ich muss vorher noch einkaufen gehen."

Bettina nickte verständnisvoll.

„Dann bis morgen Stella. Grüß Simon von mir!" sagte sie.

Bettina und mein Bruder kannten sich durch ihre Kinder. Sie waren im gleichen Sportverein.

Ich nahm meine Handtasche und winkte den anderen zu.

Da ich ganz in der Nähe der Schule wohnte, fuhr ich im Sommer immer mit dem Fahrrad.

Heute trug ich ein Sommerkleid und musste aufpassen, dass es sich nicht in der Fahrradkette verhedderte.

Ich fuhr auf dem Weg nach Hause an einem Supermarkt vorbei. Das Fahrrad stellte ich an ein Verkehrsschild und schloss es ab. Dann ging ich in den klimatisierten Verkaufsraum und atmete auf.

Hier konnte man es aushalten.

„Hallo Stella!" hörte ich plötzlich eine bekannte Stimme.

Es war mein Kollege Martin Sattler.

Er kam auf mich zu und schaute mich bewundernd an.

„Du siehst heute toll aus Stella. Ich wollte das vorhin nicht vor den Kollegen sagen. Du weißt ja, wie gleich getratscht wird."

Dann sagte er leise. „Das Kleid ist sehr sexy."

Martin und ich waren in den letzten Wochen ein paar Mal miteinander ausgegangen.

Bei mir hatten sich aber keine Gefühle ihm gegenüber eingestellt. Martin war aber offensichtlich in mich verliebt.

Er nahm meine Hand und flüsterte:

„Wann hast Du mal wieder Zeit für mich? Du fehlst mir!"

Ich schaute auf den Boden und wusste nicht, wie ich Martin beibringen sollte, dass ich kein Interesse hatte. Er war ein lieber Kerl, aber nicht der Typ Mann, mit dem ich mir eine Beziehung vorstellen konnte.

Martin seufzte. Er hatte mein Schweigen richtig gedeutet. Er nahm mich kurz in den Arm und drückte mich.

„Ich muss dann mal wieder los!" sagte er enttäuscht. „Wir sehen uns morgen!"

Dann ging er in Richtung Ausgang.

Mein Blick fiel auf mein Spiegelbild in einer Glasvitrine.

Nächsten Monat würde ich vierzig Jahre alt werden. Man sah es mir nicht an. Ich wurde regelmäßig jünger geschätzt. Vielleicht lag es an meiner sportlichen Figur oder dem dunklen Lockenkopf.

Aber mit Männern hatte ich leider bisher kein Glück. Ich hatte immer mal wieder eine Beziehung, aber keine, die länger als ein paar Monate gedauert hatte.

Mein Bruder Simon schleppte in regelmäßigen Abständen irgendwelche Kollegen oder frisch getrennte Freunde an, mit denen er mich dann verkuppeln wollte.

Ich war gespannt, was er heute wieder geplant hatte. Er lud sich immer gern bei mir ein, um seine Hilfe anzubieten.

Ich reckte mich, um ein Paket Mehl aus dem oberen Regal zu angeln. Leider konnte ich es nicht erreichen.

In diesem Moment griff Jemand an mir vorbei, nahm das Mehl und hielt es mir vor die Nase.

„War es das, was Sie wollten?" fragte ein junger Mann.

Mein Herz klopfte plötzlich wie wild, denn er sah aus unverschämt gut aus.

Er hatte ein markantes Gesicht und ein Lächeln, mit dem er in jeder Werbung für Zahnpaste mitwirken konnte. Seine Haare trug er etwas länger. Sie fielen ihm lässig vor seine wunderschönen dunklen Augen.

Ich wollte etwas erwidern, aber der junge Mann hatte das Mehl schon in meinen Einkaufswagen gelegt und war weiter gegangen.

Ich sah ihm nach. In diesem Moment drehte er sich nochmal um und lächelte.

Was war das denn? Das war mir ja noch nie passiert. Das mir die Worten fehlten, kam eigentlich nie vor. Ich war so durcheinander, dass ich nicht mehr wusste, was ich sonst noch einkaufen wollte.

Ich warf wahllos ein paar Lebensmittel in den Einkaufswagen und packte alles an der Kasse in meinen Rucksack.

Als ich mein Fahrrad aufschloss, ertappte ich mich dabei, dass ich mich nach dem jungen Mann umschaute.

„Was ist los mit Dir Stella?" sagte ich zu mir selbst. „Du bist mindestens zehn Jahre älter als er. Mach Dich nicht lächerlich!"

Als ich zuhause die Haustür aufschloss, war ich total durchgeschwitzt. Ich räumte die Lebensmittel in den Kühlschrank und ging erstmal unter die Dusche.

Mit einem Handtuch bekleidet ging ich in die Küche, um mir ein Glas Wasser zu holen.

In einer Stunde würde Simon hier sein. Ich wollte uns einen Salat mit Hühnchen zubereiten. Das war bei den heißen Temperaturen am besten.

Ich zog Shorts und eine leichte Bluse an und ließ meine Locken an der Luft trocknen.

Alles andere war bei meiner Mähne sowieso unnötig.

Ich wollte gerade anfangen den Salat zuzubereiten, als es klingelte.

Simon stand mit hochrotem Kopf vor der Tür und schaute schuldbewusst.

„Ich weiß, ich bin zu früh, aber wir haben in der Firma vorzeitig Schluss gemacht. Die Hitze ist heute unerträglich", sagte er.

„Komm rein!" sagte ich und musste lächeln.

Simon war sechs Jahre älter als ich und niemand hätte geahnt, dass wir Geschwister sind.

Simon war schon als Kind etwas pummelig. Mittlerweile hatte er einen dicken Wohlstandsbauch. Er hatte eine Stirnglatze und trug eine dicke Brille.

Er war aber schon immer mein bester Freund. Wenn es früher Ärger mit unseren Eltern oder in der Schule gab, war Simon immer für mich da. Er war der typische große Bruder.

In der letzten Zeit hatte er es sich zur Aufgabe gemacht, den Mann fürs Leben für mich zu finden.

Ich bin Simon zu Liebe, ab und zu mit den Männern, die er mir ausgesucht hatte, ausgegangen. Aber die meisten waren langweilig oder planten schon eine Hochzeit.

Mit anderen Worten: Fehlgriffe!

Jetzt warf Simon sich stöhnend auf meine Couch und zückte einen Flyer aus seiner Hosentasche.

„Möchtest Du ein Bier?" fragte ich.

„Unbedingt!" antwortete Simon und grinste voller Vorfreude.

Ich ging zum Kühlschrank und holte eine Flasche Bier für Simon und eine Flasche Weißwein für mich heraus.

Ich reichte Simon die Flasche und ein Glas und schüttete mir den Weißwein ein. Ich mochte lieber Wein als Bier.

Dann setzte ich mich zu Simon auf die Couch und wir stießen erstmal an.

„Ich mache uns gleich einen Salat mit Hühnchen. Ist das okay?" fragte ich.

„Es tut mir leid Stella, aber ich kann gar nicht lange bleiben. Martina kann die Kinder heute nicht vom Sport abholen. Sie hat einen Arzttermin. Also bleibt es wieder an mir hängen!" antwortete Simon.

„Das macht nichts!" sagte ich. „Aber was hat Martina denn? Ist sie krank?" wollte ich wissen.

Simon schaute unglücklich.

„Sie kommt so langsam in die Wechseljahren und hat jede Woche etwas anderes!" sagte er genervt.

„Sei nicht ungerecht. Frauen in ihrem Alter haben da oft richtige Probleme!" sagte ich.

„Du auch?" fragte Simon erstaunt.

„Werde nicht frech!" antwortete ich und musste lachen. „Ich sage Bescheid, wenn es bei mir soweit ist!"

Simon grinste, dann schob er mir den Flyer rüber.

Ich war erstaunt, als ich sah, dass es ein Faltblatt einer neuen Tanzschule war, die bei mir um die Ecke eröffnet hatte.

„Was soll ich damit?" fragte ich.

„Du hast doch schon immer so gern getanzt. Die bieten auch Kurse für Singles an. Vielleicht lernst Du dort Jemanden kennen!" sagte Simon. „Meinen Freundeskreis hast Du ja schon durch!"

Ich musste laut lachen.

„Du gibst nicht auf, hab ich recht?" fragte ich.

Simon zwinkerte mir zu und deutete auf den Flyer.

„Komm, trau Dich. Das hört sich alles ganz gut an. Außerdem ist es wirklich nicht weit von hier entfernt!"

„Ich überlege es mir!" sagte ich.

Simon trank sein Bier aus und stand dann auf.

Ich brachte ihn noch zur Tür und sagte:

„Grüß Martina und die Mädchen!"

Simon nickte und nahm mich zum Abschied in den Arm.

„Mache ich!" sagte er und drückte den Knopf am Fahrstuhl.

„Ich weiß! Ich sollte lieber laufen. Aber heute ist es zu heiß!" sagte er schuldbewusst.

Ich musste grinsen, denn Simon fuhr immer mit dem Fahrstuhl. Egal bei welchem Wetter.

Nachdem ich wieder allein in der Wohnung war, ging ich in die Küche um den Salat zuzubereiten.

Das Hühnchen ließ ich im Kühlschrank. Es war zu heiß um den Herd anzuschalten.

Mit dem Teller und einem weiteren Glas Wein ging ich auf den Balkon.

Ich lebte schon immer in Berlin. Seit fünf Jahren hier in Pankow. Der Kiez, wie man es hier nennt, hatte mir direkt gut gefallen.

Hier gab es viele Künstler, kreative Köpfe und eine Multikulti-Gesellschaft. Das mochte ich sehr.

Ich wohnte in einem Hinterhaus mit Blick in den grün bepflanzten Hof.

Vom Balkon aus schaute ich in die Baumkronen und konnte die Vögel beobachten. Eine Idylle mitten in der Stadt.

Ich seufzte und trank einen Schluck von dem eiskalten Wein.

Eigentlich ging es mir sehr gut. Mein Job machte mir sehr viel Spaß, ich hatte nicht viele, aber gute Freunde und war gesund.

Doch manchmal wünschte ich mir doch einen Partner an meiner Seite.

Ich ging ins Wohnzimmer und holte den Flyer der Tanzschule, der auf dem Tisch lag.

Ich blätterte darin herum und fand dann einen Kurs, der sich interessant anhörte.

Es war ein Tangokurs für Anfänger und Singles.

Ich hatte schon vor zwanzig Jahren mit meinem damaligen Freund Paul eine Tanzschule besucht und viel Freude daran gehabt. Sogar die Tanzschuhe aus dieser Zeit hatte ich aufgehoben, in der Hoffnung, dass ich sie nochmal gebrauchen konnte.

Kurzentschlossen nahm ich das Handy und wählte die Nummer der Tanzschule.

„Tanzschule Breuer!" meldete sich eine angenehme männliche Stimme.

„Guten Tag, mein Name ist Stella Martin!" sagte ich. „Ich interessiere mich für den Tangokurs für Single!"

„Das freut mich sehr. Sie wissen, dass der Kurs schon nächste Woche beginnt?" sagte der Mann.

„Ja, das weiß ich!" antwortete ich.

„Dann kommen Sie doch heute Abend mal vorbei und schauen sich alles an. Sie können dann auch direkt die Anmeldung unterschreiben!"

Ich sagte zu und verabschiedete mich.

Nachdem ich aufgelegt hatte, kamen mir dann aber doch Zweifel.

Ein Tanzkurs für Single! Was würde mich da erwarten? Hoffentlich gab es dort nicht nur frustrierte einsame Herzen!

Trotzdem ging ich an meinen Schuhschrank und kramte die alten Tanzschuhe heraus.

Zwei Stunden später holte ich das Fahrrad aus dem Hof und fuhr zu der Tanzschule.

Als ich die Eingangstür öffnete, hörte ich schon flotte Tanzmusik und einen Mann der den Schülern freundliche Anweisungen gab.

Ich schaute um die Ecke in den großen Tanzsaal und entdeckte einen gutaussehenden Mann in meinem Alter, der jetzt zu mir herüber sah.

Er deutete mir an, dass er gleich Zeit für mich hatte.

Kurze Zeit später kam er dann zu mir in den Empfangsbereich.

„Guten Tag! Frau Martin?" fragte er lächelnd.

„Ja, genau. Ich möchte mich heute für den Tangokurs anmelden!" antwortete ich.

„Sehr gern! Ich bin übrigens Andreas Breuer! Ich bin der Eigentümer der Tanzschule."

Er ging um die Anmeldung herum und holte ein Formular hervor. Ich beobachtete ihn heimlich.

Andreas Breuer sah nicht wie ein typischer Tanzlehrer aus. Er war groß und kräftig. Er hatte einen gepflegten Dreitagebart und eine sehr angenehme Stimme. Er reichte mir das Formular und sagte:

„Den Bereich, den ich angekreuzt habe, müssten Sie ausfüllen und unterschreiben."

Ich nahm den Kugelschreiber, der auf dem Tisch lag und machte meine Angaben auf dem Formular.

 Dann unterschrieb ich schwungvoll.

„Herzlich Willkommen zum Tanzkurs!" sagte Andreas Breuer. „Wir duzen uns übrigens hier alle. Ist das okay?"

Ich nickte und nahm die Hand des Tanzlehrers, die er mir entgegen streckte.

„Ich bin Stella!" sagte ich.

„Sehr erfreut!" antwortete Andreas.

Er hielt meine Hand lange fest. Das machte mich etwas nervös. Als ich sie ihm entzog, grinste er.

„Wir sehen uns nächste Woche Mittwoch um zwanzig Uhr. Ich freue mich!" sagte er.

Dann drehte er sich um und ging zurück in den Tanzsaal.

Ich freute mich jetzt auch, denn die Tanzschule machte einen guten Eindruck.

Später am Abend rief ich Simon an und erzählte ihm, dass ich mich zum Tanzkurs angemeldet hatte.

Er war sehr erfreut.

„Du wirst sicher viel Spaß haben. Und wenn Du dort niemanden kennenlernst, kannst Du danach wenigstens perfekt Tango tanzen!" sagte er.

Am Wochenende traf ich mich mit meiner besten Freundin Claudia. Wir kannten uns schon viele Jahre. Kennengelernt hatten wir uns in der Fahrschule. Seitdem waren wir unzertrennlich.

Claudia war geschieden und hatte einen erwachsenen Sohn, der jetzt in der Schweiz lebte und arbeitete. Sie war die ersten Wochen, nachdem er weggezogen war, sehr unglücklich.

Wir verbrachten viel Zeit miteinander und ich versuchte sie zu trösten. Mittlerweile ging es ihr deutlich besser.

Wir trafen uns in der Innenstadt in unserem Lieblingslokal. Hier gab es einen großen Außenbereich.

Claudia saß schon an einem kleinen Tisch und winkte mir zu.

Wir umarmten uns lange.

„Wie geht es Dir?" wollte ich von Claudia wissen.

Sie strich sich die rötlichen Haare aus dem Gesicht und lächelte.

„Sehr gut! Kannst Du Dich an Rolf erinnern?" fragte sie mich.

„Ist das nicht Dein neuer Nachbar von dem Du mir erzählt hast?"

Claudia nickte.

„Er hat mich zum Essen eingeladen!" sagte sie glücklich.

Ich schaute erstaunt.

„Das freut mich sehr!" sagte ich. „Der Mann hat einen guten Geschmack!"

Claudia lächelte. Sie war eine hübsche Frau mit vielen Sommersprossen auf der Nase. Ihre rötlichen Haare umrahmten ihr freundliches Gesicht.

Sie erzählte mir, wie sie und ihr Nachbar sich näher gekommen waren. Es hörte sich an, als ob sie ziemlich verliebt war.

Nach dem Essen tranken wir noch einen Espresso, dann machte ich mich auf den Heimweg.

Ich freute mich für Claudia. Mir war aber bewusst, dass sie demnächst weniger Zeit für mich haben würde, wenn das mit diesem Rolf etwas Ernstes werden würde.

Als ich später im Bett lag, wurde mir schmerzhaft klar, dass ich mich auch wieder verlieben wollte.

In der folgenden Woche war meine erste Tanzstunde. Ich freute mich schon sehr, war aber auch nervös.

Ich hatte ein Kleid angezogen, da es meiner Meinung nach besser zu einem Tango passte, als eine Jeans.

Ich war ziemlich früh da und hatte genug Zeit, mir die anderen Tanzschüler anzusehen.

Einige waren in meinem Alter, es waren aber auch jüngere Teilnehmer dabei.

Eine Dame war schon deutlich im Rentenalter. Die meisten machten einen aufgeregten Eindruck. Eine jüngere Frau stellte sich neben mich.

„Ist das auch Dein erster Tanzkurs? Ich bin sowas von nervös!" flüsterte sie mir zu. „Ich bin übrigens Nina!"

„Ich heiße Stella. Ich war vor vielen Jahren schon einmal in einer Tanzschule. Das zählt aber heute nicht mehr!" antwortete ich und lächelte.

Nina grinste.

„Ist einer der Männer für Dich interessant?" fragte sie.

Ich schaute mich um und musste leider feststellen, dass keiner der Anwesenden Männer meinem Geschmack entsprach.

Ich schüttelte den Kopf.

„Mir gefällt nur der Tanzlehrer Andreas!" sagte Nina mit strahlenden Augen.

„Da hast Du Recht. Er ist wirklich ein gutaussehender Mann!" antwortete ich.

Zehn Minuten später begann der Unterricht. Andreas regte an, dass wir uns gegenseitig vorstellen sollten. So wurde das erste Eis gebrochen.

Danach ließ er uns die ersten Tanzschritte allein probieren. Er ging von Teilnehmer zu Teilnehmer und gab wichtige Tipps.

Als er bei mir angelangt war, flüsterte er mir ins Ohr.

„Du bist die Einzige, die gescheite Schuhe anhat. Wer tanzt denn Tango in Turnschuhen?"

Ich musste grinsen und trat ihm prompt auf den Fuß.

„Nicht schlimm!" sagte Andreas. „Das passiert mir dauernd!"

Er klatschte in die Hände und sagte laut:

„So jetzt sucht sich jeder eine Partnerin oder Partner!"

Ich war heilfroh, dass er bei mir stehenblieb. So blieb mir erspart, mir jemanden auszusuchen.

Nina schaute unglücklich zu mir hinüber und ließ sich dann von einem unscheinbaren Mitvierziger auffordern.

„Wir haben leider einen Mann zu wenig. Ein Schüler ist nicht gekommen!" sagte Andreas und nahm Tanzhaltung an.

In diesem Moment öffnete sich die Tür zum Tanzsaal. Ein junger Mann schaute in den Raum und mein Herz fing plötzlich wie wild an zu klopfen.

Es war der Mann aus dem Supermarkt!!

„Hi, ich bin Tim! Sorry für die Verspätung. Aber mein Auto ist nicht angesprungen", sagte er außer Atem.

„Dann komm mal her! Du kannst mit Stella tanzen!" sagte Andreas.

Irgendwie hatte ich den Eindruck, dass er enttäuscht war, dass Tim doch noch erschienen war.

Nina schaute erleichtert. Sie hoffte sicher, dass Andreas nun mit ihr tanzte.

Als Tim auf mich zukam, merkte ich, dass er mich auch erkannt hatte.

Er stellte sich neben mich und flüsterte:

„Stella ist ein ausgefallener Name. Er passt zu so einer wunderschönen Frau, wie Du es bist."

Ich wurde knallrot und war froh, dass man es bei dem schummrigen Licht nicht sehen konnte.

„Danke für das Kompliment. Mal sehen, ob ich Dir nach der Tanzstunde immer noch gefalle. Pass lieber auf Deine Füße auf!" antwortete ich.

Tim lachte leise.

„Seid ihr beim Grundschritt?" fragte er.

Ich nickte.

„Kannst Du Tango?" wollte ich wissen.

„Ich habe vor zwei Jahren schon mal angefangen."

Tim schaute jetzt zerknischt.

„Dann hatte ich einen Unfall mit Kreuzbandriss! Danach war erstmal Schluss mit tanzen!" antwortete er.

Tim nahm mich in den Arm und machte mit mir die Grundschritte, die er noch gut beherrschte.

Ich bekam weiche Knie bei seiner Berührung und vergaß gleich alles, was uns Andreas vorher gezeigt hatte.

„Lass Dich einfach führen!" flüsterte mir Tim ins Ohr und ich bekam Gänsehaut.

Nach einer Weile klappte es dann ganz gut und Andreas beendete die erste Stunde.

Wir verabschiedeten uns von den Anderen.

Vor der Tür der Tanzschule wartete Tim auf mich.

„Was für ein Zufall, dass wir uns hier wieder getroffen haben!" sagte er. „Ich habe im Supermarkt immer mal wieder nach Dir Ausschau gehalten!"

Ich schaute erstaunt.

„Warum das? Es gibt doch genug andere Frauen, denen Du Lebensmittel aus dem Regal holen kannst!" sagte ich.

„Aber keine ist so faszinierend wie Du!" antwortete Tim.

Er schaute mir tief in die Augen und lächelte herausfordernd.

„Flirtest Du mit mir?" fragte ich.

„Du merkst aber auch alles!" sagte er.

Tim ging neben mir her, bis ich mein Fahrrad erreicht hatte.

Er nahm mir den Schlüssel aus der Hand und öffnete das Fahrradschloss. Dann gab er ihn mir zurück und grinste.

„Gute Nacht schöne Frau. Bis nächste Woche!"

„Ciao Tim. Wir sehen uns!" antwortete ich und stieg auf mein Fahrrad.

Ich drehte mich nicht nochmal um, hatte aber das Gefühl, dass Tim mir noch lange nachschaute.

Ich war froh, dass ich ein paar Minuten später, unfallfrei wieder Zuhause angekommen war.

Die Begegnung mit Tim hatte mich völlig aus der Bahn geworfen.

Er hatte in mir ein Gefühl ausgelöst, was ich lange nicht mehr hatte.

In meinen Beziehungen war ich immer die, die den Ton angegeben hatte. Ich hatte sie auch immer selbst beendet.

In Tims Nähe war ich auf einmal nervös und unsicher.

„Das vergeht wieder!" sagte ich zu mir selbst.

Als ich später im Bett lag, musste ich aber noch lange an den Abend denken. Mir wurde etwas auf einmal schlagartig klar.

Ich hatte mich in einen viel jüngeren Mann verliebt!

Ich schlief schlecht in dieser Nacht, weil ich Angst vor meinen Gefühlen hatte. Das konnte nicht gut gehen!

Am Freitag war der letzte Schultag vor den Sommerferien. Alle waren froh, denn die Hitzewelle hielt an.

In der darauffolgenden Woche ging ich ins Schwimmbad und traf mich nochmal mit Claudia.

Ich brauchte Jemanden zum Reden.

Ich erzählte Claudia, wie ich Tim kennengelernt hatte und das er mir nicht mehr aus dem Kopf ging,

Sie schaute sie mich lange an.

„Du bist eine schöne Frau, warum sollte er nicht die gleichen Gefühle für Dich haben. Was macht denn da der Altersunterschied aus!" sagte sie nach einer Weile. „Oder hast Du Angst, dass er nur mit Dir spielt?"

„Ich weiß es nicht. Aber ich bin zu alt für Experimente!" antwortete ich.

„Wer sagt das? Was hast Du zu verlieren? Wenn Du es erst gar nicht zulässt, wirst Du es vielleicht irgendwann bereuen!"

Claudia streichelte über meinen Arm.

„Vielleicht hast Du Recht!" antwortete ich. Aber überzeugt war ich nicht.

Am Abend vor der nächsten Tanzstunde war ich total nervös.

Tim wartete schon vor dem Gebäude und lächelte, als er mich sah.

„Hallo Stella. Das war eine lange Woche für mich. Ich musste dauernd an Dich denken!" sagte er.

Er wartete meine Antwort nicht ab, sondern nahm einfach meine Hand und ging mit mir zum Eingang.

Nina kam uns entgegen Sie schaute erstaunt, als sie uns händchenhaltend sah.

Die Stunde verging ziemlich schnell. Andreas war ganz zufrieden mit unserem Fortschritt.

Er kündigte an, dass in der nächsten Stunde ein argentinischer Tangoprofi dabei sein würde. Ich freute mich sehr darauf.

Als ich dann vor die Tür trat, sprang ich gleich wieder ins Innere der Tanzschule zurück.

Es regnete in Strömen. Zwischendurch hörte man Donnergrollen.

Nach der Hitzewelle entluden sich jetzt heftige Gewitter. Wenn ich mit dem Fahrrad nach Hause fahren würde, dann wäre ich in fünf Minuten nass bis auf die Knochen.

„Soll ich Dich nach Hause fahren?" fragte Tim, der plötzlich hinter mir stand.

Ich überlegte kurz, schüttelte dann aber den Kopf.

„Komm, trau Dich. Ich bin kein Serienkiller!" sagte Tim und lachte laut.

Draußen wurde es immer dunkler und das Gewitter war jetzt genau über uns.

„Okay! Wo steht Dein Auto?" fragte ich.

Tim zeigte auf einen schnittigen Sportwagen, der direkt vor der Tür stand.

Er lief schnell durch den Regen und öffnete die Beifahrertür für mich.

Schon auf dem kurzen Stück wurde ich pitschnass.

Meine Bluse klebte an meinem Oberkörper und man konnte meinen BH durchschimmern sehen.

Als ich einstieg, schaute Tim zu mir hinüber und grinste. Er sagte aber nichts.

„Wo wohnst Du?" fragte er und startete den Motor.

„In der Blumenstraße. Das ist hier ganz in der Nähe", antwortete ich.

„Die kenne ich. Ich wohne auch nicht weit entfernt!" erwiderte Tim.

Nach kurzer Zeit standen wir schon vor meiner Haustür.

„Danke fürs mitnehmen!" sagte ich und wollte aussteigen. Es regnete mittlerweile nur noch leicht.

„Fragst Du mich nicht, ob ich noch einen Kaffee bei Dir trinken möchte?" fragte Tim.

Ich öffnete die Beifahrertür und drehte mich nochmal zu Tim um.

„Ich trinke nur Tee!" antwortete ich.

„Den nehme ich auch!"

Tim ließ nicht locker.

„Vielleicht ein anderes Mal. Gute Nacht!" sagte ich.

Ich kramte den Wohnungsschlüssel aus meiner Tasche.

In der Zwischenzeit war Tim ebenfalls ausgestiegen.

Er ging um das Auto herum. Dann nahm er mein Gesicht in beide Hände und küsste mich zärtlich.

Ich war total überrascht, aber gleichzeitig hatte ich mir insgeheim schon lange gewünscht, dass mich ein Mann einmal so küssen würde.

Atemlos sagte ich:

„Was soll das und was willst Du von mir? Ich werde am Freitag vierzig Jahre. Ich bin zu alt für Dich!"

Tim schaute verwundert.

„Du bist eine wunderschöne aufregende Frau und ich bin verrückt nach Dir!" antwortete er. „Dein Alter ist mir egal!"

„Wie alt bist Du denn? Mich interessiert es nämlich!" fragte ich.

„Ich bin achtundzwanzig, aber was sagt das aus? Wir Beide sind erwachsen und zumindest ich weiß was ich will! Ich will Dich!" antwortete Tim.

Ich war hin und hergerissen. Am liebsten wäre ich Tim bei seinen Worten um den Hals gefallen. Aber ich hatte Angst.

Mittlerweile waren wir Beide doch ziemlich nass geworden.

Tim schaute mich lange an, dann sagte er:

„Ich fahre jetzt nach Hause. Ich freue mich schon auf unsere nächste Tanzstunde. Gute Nacht Stella!"

Dann küsste er mich nochmal sanft auf den Mund und stieg in sein Auto.

Eine Minute später stand ich allein in der Dunkelheit und war völlig durcheinander.

In meiner Wohnung merkte ich erst, dass meine Knie zitterten. Ich nahm die Weinflasche aus dem Kühlschrank und nahm einen großen Schluck.

„So Stella! Was machst Du jetzt?" fragte ich mich laut.

Eine Antwort auf diese Frage fand ich allerdings nicht.

Am nächsten Tag hatte ich alle Hände voll zu tun, um meine Geburtstagsfeier vorzubereiten.

Nach dem Gewitter war es nicht mehr so drückend schwül.

Es war aber trotzdem noch angenehm warm.

Ich hatte ein paar Kollegen und Freunde für Freitagabend eingeladen. Simon und Martina wollten auch kommen.

Schon den ganzen Tag riefen weitere Bekannte oder Kollegen an, um zu gratulieren.

Ich hatte in der Küche ein Buffet aufgebaut und der Kühlschrank war voll gekühlter Getränke.

Gegen zwanzig Uhr kamen die ersten Gäste. Meine Kollegin Bettina und ihr Mann sowie Martin Sattler kamen fast gleichzeitig.

Claudia brachte ihren neuen Freund Rolf mit. Er machte einen sehr sympathischen Eindruck. Die Beiden schauten sich ständig verliebt an.

Außerdem hatte ich noch Sophia, eine alte Schulfreundin und ihren Mann Bernd eingeladen.

Simon und Martina kamen wie immer als letzte.

Ich nahm die liebevoll ausgesuchten Geschenke entgegen und versorgte erstmal alle mit einem Glas Sekt.

Es wurde ein entspannter Abend. Alle unterhielten sich angeregt und plünderten das Buffet.

Als ich noch einmal ein paar Häppchen nachlegen wollte, klingelte es an der Tür.

Wahrscheinlich waren wir zu laut und ein Nachbar wollte sich beschweren.

Umso erstaunter war ich, dass Tim vor meiner Tür stand. Er hatte einen Strauß rote Rosen in der Hand.

„Alles Liebe zum Geburtstag Stella!" sagte er und überreichte mir feierlich den Blumenstrauß.

Ich nahm die Blumen und bedankte mich, war aber unschlüssig, ob ich Tim hereinbitten sollte.

Aber Tim nahm mir die Entscheidung ab und ging einfach an mir vorbei in die Wohnung.

Mir blieb nichts anderes übrig, als hinter ihm herzugehen und ihn den anderen Gästen vorzustellen.

„Das ist Tim, mein Tanzpartner vom Tangokurs!" sagte ich.

Meine Gäste begrüßten Tim herzlich. Claudia grinste mir zu und stand dann auf, um Tim ein Glas Sekt zu holen.

Als sie an mir vorbeiging, flüsterte sie:

„Das ist er? Der sieht ja wirklich toll aus!"

Ich wurde rot bis zu den Haarspitzen.

Tim hatte eine Jeans und ein lockeres weißes Leinenhemd an. Er sah wirklich sehr gut aus.

Ich holte mein Glas Wein, dass ich auf dem Tisch abgestellt hatte und ging zurück in die Küche.

Ich nahm die leeren Teller vom Buffet und legte noch einmal Fingerfood nach.

„Du siehst umwerfend aus!" hörte ich Tims Stimme plötzlich hinter mir.

„Danke für das Kompliment. Ich bin nur erstaunt, dass Du hier bist", antwortete ich etwas gereizt.

„Bist Du sauer, dass ich ohne Einladung hier aufgetaucht bin?" fragte Tim amüsiert.

Er kam auf mich zu, nahm mir die Teller aus der Hand und stellte sie in die Spüle.

Dann küsste er mich leidenschaftlich und hauchte mir ins Ohr:

„Dann sag, dass ich gehen soll!"

Ich löste mich aus seinen Armen und sah jetzt erst Simon, der mit offenem Mund in der Küchentür stand.

„Das ist ja eine Überraschung. Da hat es sich ja gelohnt, sich in der Tanzschule anzumelden! Gab es da keine Männer in Deinem Alter?" fragte Simon sarkastisch.

Ich wurde rot und war sprachlos. Diese Reaktion hatte ich von meinem Bruder nicht erwartet.

Tim schaute mich überrascht und Simon verärgert an.

Er wollte gerade etwas sagen, doch ich legte meine Hand auf seinen Arm. Ich wollte keinen Ärger an meinem Geburtstag.

„Simon, das ist doch wohl meine Sache!" sagte ich stattdessen. „Ich bin alt genug meine Entscheidungen selbst zu treffen!"

„Alt genug!!" antwortete Simon spöttisch. „Das stimmt wirklich!"

Ich war fassungslos über das, was Simon gesagt hatte.

„Vielleicht solltest Du besser gehen!" sagte ich laut.

Jetzt bekam Simon einen roten Kopf. Er drehte sich um und ging ins Wohnzimmer. Kurz Zeit später hörte ich, wie er die Wohnungstür hinter sich zuwarf. Martina saß auf der Couch und machte ein ratloses Gesicht.

„Das tut mir sehr leid. Es war keine gute Idee so überraschend hier aufzukreuzen. Ich habe Dir den Geburtstag versaut!" flüsterte Tim mir ins Ohr. „Ich gehe jetzt besser!"

Ich nickte nur, denn ich war immer noch völlig von Simons Benehmen geschockt.

Nachdem Tim gegangen war, herrschte eine komische Stimmung.

Martina setzte sich zu mir auf die Couch und schaute mich fragend an.

„Was war denn los? Warum ist Simon denn so plötzlich gegangen. Er wollte es mir nicht sagen!" fragte sie.

„Er hat gesehen, dass Tim mich geküsst hat!" antwortete ich.

„Na und? Den würde ich auch küssen!" antwortete Martina.

Sie lächelte schüchtern.

„Simon hat mir vorgeworfen, dass ich zu alt für Tim sei. Er war richtig wütend!"

Martina rutschte etwas näher zu mir und flüsterte:

„Es gibt doch genug ältere Männer, die mit viel jüngeren Frauen zusammen sind."

„Warum ist das denn bei uns Frauen immer ein Problem? Ich verstehe das nicht!"

Ich nickte ratlos und suchte nach Worten.

„Es ist doch auch noch gar nichts passiert. Tim und ich sind doch gar nicht zusammen. Wir haben uns bisher nur geküsst", antwortete ich.

Martina nahm mich daraufhin in den Arm und verabschiedete sich ebenfalls.

„Das ist ganz allein Deine Sache. Ich fahr dann auch mal nach Hause und werde mit Simon reden!" sagte sie.

Nach und nach verließen auch die anderen Gäste die Party. Es war bereits weit nach Mitternacht.

Claudia drückte mich ganz fest zum Abschied und fragte leise:

„Ist alles okay? Warum ist Dein Bruder so plötzlich gegangen?"

„Lass uns morgen mal telefonieren!" antwortete ich. „Dann erzähle ich es Dir."

Ich hatte heute keine Lust weiter über Simons Verhalten nachzudenken.

Als ich später endlich im Bett lag, konnte ich nicht schlafen.

Ich musste immer daran denken, was Simon gesagt hatte. Wir hatten uns das letzte Mal als Kinder gestritten. Ich war unendlich traurig, dass er so reagiert hatte.

In den nächsten Tagen hoffte ich bei jedem Klingeln des Telefons, dass Simon sich bei mir meldete. Er tat es aber nicht. Auch Martina rief nicht an.

Stattdessen telefonierte ich lange mit Claudia, die ebenfalls von Simons Reaktion überrascht war.

„Da hat er ja völlig überreagiert. Schließlich hat er Dich doch selbst zu diesem Tanzkurs überredet. Jetzt hast Du einen jungen Verehrer und es passt ihm auch nicht!" hatte Claudia gesagt.

„Das größere Problem liegt aber bei mir. Ich weiß selbst nicht, was ich will.

„Einerseits schmeichelt es mir ungemein, dass Tim auf mich steht. Andererseits habe ich selbst wirklich große Probleme mit dem Altersunterschied!" antwortete ich.

„Magst Du ihn denn?" wollte Claudia wissen.

„Mehr als das! Ich muss ständig an ihn denken!" sagte ich ehrlich.

„Dann werfe Deine Bedenken über Bord. Vielleicht wird es nur eine kurze Affäre? Wer weiß das schon, aber Du hast doch nichts zu verlieren!"

„Doch! Zum Beispiel meinen Bruder!" sagte ich unglücklich.

„Der kriegt sich auch wieder ein!"

Claudia war da zuversichtlicher als ich.

Als ich am nächsten Mittwoch vor der Tanzschule stand, wunderte ich mich, dass Tim nirgendwo zu sehen war.

Er kam auch nicht mehr an diesem Abend.

Also tanzte ich mal wieder mit Andreas, dem Tanzlehrer.

In der zweiten Hälfte der Tanzstunde kam dann der Profitänzer, der uns mit seiner Partnerin begeisterte. Er machte mir und den anderen Teilnehmern Lust, auf jeden Fall mit dem Tanzkurs weiter zu machen.

Ich war trotzdem nicht bei der Sache, weil ich mich dauernd fragte, warum Tim nicht gekommen war.

Andreas sprach mich nach der Tanzstunde darauf an.

„Weißt Du, warum Tim heute nicht da war?" wollte er wissen.

Ich schüttelte den Kopf.

„Vielleicht ist ihm etwas dazwischen gekommen!" antwortete ich.

„Kann natürlich sein. Ich dachte nur, ihr seid befreundet und Du wüsstest was los ist", sagte Andreas.

Seine Worte versetzten mir einen Stich.

Ich zuckte nur mit den Schultern und verabschiedete mich dann von Andreas und den anderen.

Es war ein milder, schöner Sommerabend und eigentlich wollte ich noch zum Strandbad fahren.

Aber ich entschied mich dagegen. Mir war die Lust dazu vergangen.

Ich nahm mein Fahrrad und schob es bis zur nächsten Straßenecke.

Dort gab es eine Eisdiele. Ich brauchte jetzt einen Eisbecher um meine Stimmung zu verbessern.

Es war so voll, dass ich lange warten musste, bis ich an der Reihe war.

Mit dem Eisbecher in der Hand setzte ich mich ein Stück weiter, auf eine Bank.

„Hier bist Du! Ich habe Dich schon überall gesucht!" hörte ich plötzlich Tims Stimme.

Ich aß mein Eis unbeirrt weiter und tat so, als ob ich den Vorwurf in seiner Stimme nicht gehört hatte.

„Ich war in der Tanzschule. Da hättest Du mich gleich gefunden!" sagte ich voller Ironie.

„Ich war eben dort. Aber alle waren schon weg", sagte er. „Sorry, aber mir ist etwas dazwischen gekommen. Ich musste länger arbeiten. Ich konnte Dich ja nicht anrufen um Dir Bescheid zu sagen. Ich habe Deine Nummer immer noch nicht!" antwortete Tim.

Tim setzte sich neben mich und schaute neidisch auf meinen Eisbecher.

Ich nahm einen Löffel voll Eis und hielt ihn Tim vor die Nase.

Er grinste und leckte den Löffel ab.

„Schmeckt so lecker wie Du!" sagte er. „Ich wollte mich übrigens noch bei Dir entschuldigen. Es war eine blöde Idee auf Deiner Feier zu erscheinen."

„Das ist wirklich voll in die Hose gegangen!" antwortete ich.

Tim seufzte.

„Hat Dein Bruder sich wieder beruhigt?" wollte er wissen.

Ich schüttelte traurig den Kopf.

Tim nahm meine Hand und sagte leise:

„Dabei ist doch noch gar nichts passiert zwischen uns!"

„Genau!" antwortete ich.

Ich reichte Tim den Eisbecher.

„Danke!" sagte er. „Ich würde Dich jetzt aber lieber küssen!"

„Ich teile heute nur das Eis mit Dir! Das muss erstmal genügen!" sagte ich herausfordernd.

Tim nahm den Becher und kratzte den Rest Eis heraus.

„Wolltest Du gleich nach Hause, oder hast Du noch Lust mit mir irgendwo ans Wasser zu fahren?" fragte Tim.

„Ich wollte eigentlich zum Weißensee. Mein Fahrrad steht da drüben!" antwortete ich.

„Lass es stehen und fahr mit mir zum See. Ich bringe Dich später nach Hause."

Tim schaute mich fragend an.

„Ich habe eine bessere Idee. Ich fahre mit dem Fahrrad nach Hause. Du kannst mich dann dort abholen. Ich muss noch meine Badesachen holen. Ich habe sie vorhin vergessen. Du weißt ja, wo ich wohne!" sagte ich und zwinkerte Tim zu.

Tim stand auf und warf den leeren Eisbecher in einen Mülleimer.

„Dann fahr mal los. Ich warte bei Dir vor der Tür auf Dich!" antwortete er.

Wir kamen fast zur gleich Zeit bei mir zuhause an. Da Tim an den Ampeln warten musste, war ich genauso schnell mit dem Fahrrad, wie er mit dem Auto.

„Ich ziehe noch schnell meinen Badeanzug an und hole ein Handtuch. Bis gleich!" sagte ich, als Tim aus seinem Auto stieg.

„Ich warte hier unten. Bis gleich!" antwortete er.

Als ich zehn Minuten später in Tims Sportwagen stieg, schaute er mich lächelnd an.

„Ich freue mich sehr, dass Du mitkommst!" sagte er.

„Dann fahr mal los, bevor es dunkel wird!" antwortete ich und lachte.

Wir fuhren zum Weißensee, der war nicht zu weit entfernt.

Wir brauchten nur ein paar Minuten bis dorthin. Mittlerweile waren hier nicht mehr so viele Menschen unterwegs.

Eine Gruppe junger Leute grillte und machte Musik. Eine paar Eltern mit Kindern spielten Federball oder tummelten sich im Wasser.

Tim holte eine Decke aus dem Kofferraum. Dann gingen wir über den Rasen zum Badestrand.

Als ich mein Sommerkleid auszog pfiff Tim anerkennend.

„Sehr sexy!" sagte er laut. „Du hast die Kurven an den richtigen Stellen!"

Ich wurde rot und schaute mich unsicher um.

Tim zog grinsend sein Shirt über den Kopf. Ich schielte neugierig zu ihm hinüber.

Er war sehr schlank, wirkte aber trotzdem durchtrainiert.

„Gehst Du in Fitnessstudio?" wollte ich wissen, als er sich neben mich auf die Decke legte.

Tim nickte.

„Wenn ich Zeit habe schon. Im Moment habe ich aber im Job viel zu tun!" antwortete er.

„Was machst Du eigentlich? Wir haben bisher noch nicht darüber gesprochen!" fragte ich.

„Ich habe mich mit einem Freund vor einem Jahr selbständig gemacht. Wir haben ein Büro für Softwareentwicklung."

„Läuft es gut?" fragte ich.

Tim zuckte die Schultern.

„Mal mehr, mal weniger. Ich hoffe, dass wir einen neuen Großkunden für uns gewinnen können. Das wäre großartig!"

„Dann drücke ich mal die Daumen!" antwortete ich und drehte mich auf den Bauch.

„Und was arbeitest Du?" wollte Tim jetzt wissen.

„Rate mal!" sagte ich.

„Du bist bestimmt Lehrerin!" antwortete Tim und lachte laut.

Als ich so erstaunt schaute, lachte er noch lauter.

„Ich habe mich auf Deiner Feier kurz mit einem Martin unterhalten. Der hat mir erzählt, das ihr Kollegen an der gleichen Schule seid", antwortete er.

Ich schlug mir vor den Kopf und lachte jetzt auch.

„Da hätte ich auch selbst drauf kommen können!" antwortete ich.

Tim sprang auf und zog mich ebenfalls hoch.

„Komm! Wir schwimmen ein paar Runden. Bald geht die Sonne unter und dann wird es kühl!" sagte er und lief direkt los.

Ich ging langsam hinter ihm her und quietschte laut, als ich meinen Fuß ins Wasser hielt.

Es war ziemlich kalt.

„Stell Dich nicht so an. Komm rein!" rief Tim, der schon vorausgeschwommen war.

Ich ging vorsichtig weiter ins Wasser.

Fünf Minuten später war ich bei Tim angelangt. Nach einer Weile wurde das Wasser angenehm und wir schwammen bis zu einer Boje, die den Bereich für die Schwimmer markierte.

„Du bist eine wahnsinnige schöne Frau! Weißt Du das eigentlich?" fragte Tim. „Und dass Du älter bist, interessiert mich überhaupt nicht."

Ich antwortete nicht darauf, sondern schwamm langsam wieder zurück zum Ufer. Ich wollte heute nicht über den Altersunterschied nachdenken.

Nachdem wir uns abgetrocknet hatten, setzte ich mich wieder auf die Decke. Tim ging zurück zum Auto und holte einen Korb vom Rücksitz.

Er setzte sich zu mir und öffnete den Korb.

„Ich habe vorhin auf dem Weg zur Tanzschule noch Wein und etwas zum Knabbern gekauft. Die Gläser habe ich schon zuhause eingepackt", sagte er.

„Das ist eine super Idee gewesen. Ich habe jetzt richtig Hunger!" antwortete ich.

Nachdem wir uns zugeprostet hatten, aßen wir den Käse und die Weintrauben. Auch ein Baguette hatte Tim dabei. Alles schmeckte herrlich.

So langsam ging die Sonne unter und es wurde kühler.

„Soll ich Dich wärmen?" fragte Tim, als er sich neben mich legte.

Er nahm mich in den Arm und küsste mich sanft. Diesmal ließ ich es geschehen und genoss seine kühlen Lippen auf meinen.

Tim streichelte mich zärtlich und ich schmiegte mich an ihn. Zum ersten Mal vergaß ich den Altersunterschied und was die Leute denken könnten.

Nachdem es richtig dunkel geworden war, packten wir alles zusammen und gingen zurück zum Auto.

„Kommst Du mit zu mir?" fragte Tim vorsichtig, als ich neben ihm Platz nahm.

Bevor ich antworten konnte, sprach Tim gleich weiter.

„Ich mache Dir auch einen Tee!"

Ich musste grinsen.

„Heute Abend bleibe ich lieber beim Wein!" antwortete ich.

Tim schaute überrascht.

„Soll das heißen, Du traust Dich in meine Wohnung?"

Ich nickte.

„Du wirst es nicht bereuen!" antwortete er und startete den Motor.

Das Haus, in dem Tim wohnte, sah von außen ziemlich heruntergekommen aus, aber die Wohnungen waren frisch renoviert und wirklich schön. Tims Wohnung war unter dem Dach und es gab sogar eine große Dachterrasse. Von hier aus hatte man eine wundervolle Aussicht über die Stadt.

„Setz Dich doch! Ich hole uns was zu trinken!" sagte Tim und ging zurück in die Wohnung.

Ich setzte mich auf einen bequemen Lounge Sessel und schaute in die Sterne.

Kurze Zeit später erschien Tim mit zwei Gläsern und reichte mir eins davon.

„Auf uns!" sagte er.

„Wir werden sehen!" antwortete ich unsicher. „Erstmal auf einen schönen Abend!"

Ich hob mein Glas.

„Angsthase!" sagte Tim und diesmal mussten wir beide lachen.

„Ich kann Dich aber heute nicht mehr nach Hause fahren. Ich habe jetzt zu viel getrunken!" sagte Tim und schaute mich herausfordernd an.

„Es gibt genug Taxis in Berlin!" antwortete ich.

„Kleines Biest!" erwiderte Tim.

Dann stellte er sein Glas auf den Balkontisch, nahm mir meins aus der Hand und zog mich an sich.

Er küsste mich leidenschaftlich, stand auf und hob mich dann auf seine Arme.

Ohne ein Wort trug er mich in sein Schlafzimmer.

Mein Herz klopfte bis zum Hals, aber ich wollte, dass er mich verführt.

Eigentlich wusste ich schon, als ich heute in Tims Auto stieg, dass wir in dieser Nacht miteinander schlafen würden. Ich ließ mich fallen und schaltete diesmal den Verstand aus.

Am nächsten Morgen wurde ich wach, weil Tim mich in den Nacken küsste.

Er streichelte mich zärtlich und wir schliefen noch einmal miteinander.

Es war unbeschreiblich schön und ich fühlte mich unendlich begehrt.

Als ich das nächste Mal aufwachte, war es schon Mittag.

Ich stand auf und ging in die Küche, weil ich Tim dort vermutete. Er war aber nicht da.

Auf dem Küchentisch lag ein Zettel. Ich nahm ihn und las den Text.

Ich muss heute nochmal ins Büro. Ich versuche so schnell wie möglich wieder nach Hause zu kommen und hoffe, Du bist noch da. Die Nacht mit Dir war wundervoll!

Ich schaute auf die Uhr. Es war kurz nach zwölf. Eigentlich hatte ich keine Lust in Tims Wohnung zu warten. Außerdem hatte ich heute noch einen Friseurtermin, den ich nicht absagen wollte.

Also schrieb ich einfach nur meine Handynummer auf den Zettel.

Dann ging ich unter die Dusche und zog mich an. Ich schaffte es dann gerade noch rechtzeitig zu meinem Termin.

Mario, mein Friseur, begrüßte mich herzlich und fragte:

„Wie immer Stella?"

Ich grinste.

„Meine wilde Mähne lässt leider keinen Spielraum für Experimente zu. Also bitte nur schneiden!" antwortete ich.

Mario war eine Plaudertasche. Kaum, dass ich auf dem Stuhl saß, legte er los über Gott und die Welt zu lästern.

Nach einer Weile schaute er mich über den Spiegel an, dann sagte er:

„Hast Du einen neuen Freund Schatz? Du siehst so zufrieden aus!"

Mario nannte alle weiblichen Kundinnen Schatz, aber er stand auf Männer.

Ich schaute erstaunt.

Offensichtlich sah man mir an, dass ich eine unvergessliche Nacht hinter mir hatte.

Ich musste lächeln und Mario quietschte:

„Hab ich es mir doch gleich gedacht. Ich sehe gleich, wenn jemand guten Sex hatte!"

Ich wurde knallrot, weil sich gleich eine andere Kundin zu mir umdrehte.

Mario knetete meine Locken und grinste zufrieden.

„Du siehst super aus. Der Typ hat echt Glück!" sagte er.

Mario hatte meine Haare wirklich wieder super geschnitten und ich verließ zufrieden den Laden.

Dann fuhr ich mit dem Bus nach Hause.

Ich hatte mir aus einer Bäckerei ein Stück Kuchen mitgenommen. Den legte ich jetzt auf einen Teller und nahm dann eine Flasche Orangensaft aus dem Kühlschrank.

Ich wollte gerade damit auf den Balkon gehen, als mein Handy klingelte.

Ich kannte die Nummer nicht, vermutete aber, dass es Tim ist.

„Hallo schöne Frau!" hörte ich dann auch seine Stimme. „Du fehlst mir hier. Schade, dass Du nicht warten konntest."

„Hallo Tim!" sagte ich und merkte, dass mein Herz schneller schlug. „Ich hatte heute einen Termin. Außerdem wusste ich ja nicht, wie lange es bei Dir dauert."

„Du kannst mir gratulieren. Ich habe es geschafft, den Kunden für uns zu gewinnen. Deshalb musste ich auch schnell ins Büro."

„Mein Kollege Dirk hat mich heute Morgen angerufen und mir den Termin durchgegeben. Ich musste direkt los."

„Herzlichen Glückwunsch. Das freut mich sehr für Dich!" sagte ich.

„Lass uns das heute Abend feiern!" erwiderte Tim. „Gehst Du mit mir essen?"

Ich schaute hungrig auf mein Kuchenstück und antwortete: „Sehr gern! Sollen wir uns irgendwo treffen?"

„Ich hole Dich um neunzehn Uhr ab. Ich freue mich so auf Dich. Es war übrigens heute Nacht unglaublich schön und aufregend."

„Das stimmt!" musste ich zugeben. „Ich muss auch dauernd daran denken!"

Nachdem ich aufgelegt hatte, merkte ich erst, wie sehr ich Tim vermisste. Es war ein wunderschönes Gefühl, dennoch traute ich mich nicht, es wirklich zuzulassen.

Am Abend stand ich vor dem Kleiderschrank.

Ich entschied mich nach langem Hin und Her für ein enganliegendes schwarzes Etuikleid. Dazu zog ich hochhackige Schuhe an.

Als Tim eine Viertelstunde später an meiner Tür klingelte, war ich tatsächlich nervös.

Er hatte mir wieder Blumen mitgebracht und stand mit offenem Mund in meinem Flur.

„Das Kleid ist der Wahnsinn", sagte er grinsend.

„Wenn ich Dich so sehe, habe ich plötzlich keine Lust mehr essen zu gehen! Ich würde Dir das Kleid lieber gleich wieder ausziehen!"

„Nix da!" sagte ich. „Ich habe furchtbaren Hunger. Alles andere verschieben wir auf später!"

Tim hatte ein nobles Restaurant ausgesucht. Ich war schon früher einmal hier zu einer Familienfeier gewesen.

Der Kellner brachte uns an den Tisch und reichte uns die Speisekarten.

Tim bestellte eine Flasche Wein und der Kellner verschwand erst einmal in Richtung Theke.

Am Nebentisch saßen zwei Frauen und sahen zu uns hinüber. Dann tuschelten sie.

„Wir fallen eben auf!" sagte Tim gut gelaunt, als ich ihn darauf hinwies.

Ihn schien das nicht zu stören.

„Wahrscheinlich denken die, ich hätte mir einen Callboy für heute gebucht!" sagte ich ironisch.

Tim schaute irritiert.

„Ich dachte eigentlich, die schauen uns an, weil wir ein schönes Paar sind. Unabhängig vom Alter!" antwortete er leise. Hast Du so ein Problem damit?"

„Ich weiß auch nicht, warum es mir so viel ausmacht. Wahrscheinlich auch, weil Simon so reagiert hat."

Tim nickte.

„Das kann ich ja verstehen. Hat er sich immer noch nicht entschuldigt?" fragte er.

Ich schüttelte traurig den Kopf.

Der Kellner kam mit dem Wein und unterbrach unser Gespräch.

Wir bestellten unsere Speisen und prosteten uns zu.

„Nochmal herzlichen Glückwunsch zu Deinem beruflichen Erfolg und vielen Dank für die Einladung!" sagte ich.

Als ich mein Glas abstellte, nahm Tim meine Hand.

„Ich muss Dir etwas sagen. Ich fand Dich schon damals im Supermarkt einfach umwerfend. Ich war so glücklich, dass wir uns in der Tanzstunde wiedergesehen haben. Ich kann nichts dagegen machen, aber ich habe mich in Dich verliebt", flüsterte Tom leise.

Ich streichelte über Tims Hand. Er sprach gleich weiter.

„Wie geht es Dir damit?" wollte er wissen.

Ich atmete tief durch.

„Es schmeichelt mir sehr, dass Du solche Gefühle für mich hast. Die letzte Nacht sollte Dir gezeigt haben, dass es mir auch so geht. Aber ich habe Angst, dass ich mich zu sehr verliebe. Vielleicht ist das Ganze für Dich ja nur ein Abenteuer!" antwortete ich ehrlich.

„Gib uns bitte eine Chance!" sagte Tim. „Ich möchte Dir beweisen, dass wir auch trotz des Altersunterschieds eine wundervolle Beziehung haben können!"

Tim schaute mich erwartungsvoll an.

„Lass uns sehen, wie es sich weiter entwickelt. Ich will die Zeit mit Dir einfach genießen und ich möchte nicht in die Zukunft planen!" antwortete ich. „Ist das erstmal okay für Dich?"

Tim war nicht überzeugt von dem was ich gesagt hatte, aber er beugte sich zu mir und küsste mich.

„Ich kann nicht sagen, dass mir das genügt, aber ich bin mit allem zufrieden was Du mir gibst!" antwortete er.

Der Kellner brachte die Speisen an den Tisch und goss uns Wein nach. Nachdem er uns einen guten Appetit gewünscht hatte, verzog er sich diskret.

Die Damen am Nebentisch bezahlten und verließen das Lokal, nicht ohne nochmal einen ausgiebigen Blick auf uns zu werfen.

Tim winkte ihnen zu und amüsierte sich köstlich. Vielleicht sollte ich das auch tun.

Das Essen war ein Traum. Wir saßen noch lange am Tisch und ich fühlte mich sehr wohl in Tims Nähe.

Nachdem Tim die Rechnung bezahlt hatte, brachte er mich nach Hause.

Er blieb in dieser Nacht bei mir und ich war so glücklich wie schon lange nicht mehr.

Nach dem Frühstück musste Tim allerdings gleich wieder ins Büro. Da ich Ferien hatte, legte ich mich noch einmal ins Bett. Wir hatten in der Nacht kaum geschlafen.

Tim war ein einfühlsamer Liebhaber und er gab mir das Gefühl, die einzige Frau auf der Welt für ihn zu sein.

Nachdem ich nochmal zwei Stunden geschlafen hatte, war ich wieder fit.

Ich nahm mir vor, meinen Bruder anzurufen, da ich diese Ungewissheit nicht länger ertragen konnte.

Ich rief ihn auf seinem Handy an. Leider sprang nur die Mailbox an.

Zwei Stunden später versuchte ich es nochmal. Diesmal meldete sich Simon direkt.

„Was gibt es Stella?" fragte er kurz angebunden.

„Ich möchte mit Dir reden. Ich fand Deine Reaktion auf Tim völlig unangebracht. Hast Du mal Zeit für mich?" fragte ich nervös.

Es dauerte eine Weile, dann seufzte Simon und sagte:

„Es tut mir leid, Stella!"

„Ich wünsche mir so sehr, dass Du endlich jemanden findest, der zu Dir passt! Aber mit so einem jungen Kerl kannst Du doch nicht glücklich werden!"

„Wer sagt das denn?" wollte ich wissen.

„Warum sollen zwölf Jahre Altersunterschied für eine dauerhafte Beziehung entscheidend sein?" fragte ich.

Ich merkte, dass Simon überlegte, was er erwidern sollte.

„Du bist erwachsen und hast Dir ja noch nie etwas von mir sagen lassen. Liebst Du ihn denn?" fragte er nach einer Weile.

„Ja, ich glaube ich liebe ihn. Auf meine Weise. Du weißt, dass ich immer ewig brauche, bis ich eine Entscheidung treffe. Aber bei Tim ist sie gefallen. Ich möchte mit ihm zusammen sein!" antwortete ich.

Simon seufzte erneut. Dann sagte er:

„Ich hoffe, Du bereust es nicht, aber ich wünsche euch, dass es funktioniert!"

Mir fiel ein Stein vom Herzen.

„Danke Simon. Du bist mein Bruder und bester Freund. Ich möchte nicht, dass wir uns streiten. Ich hab Dich lieb!" sagte ich erleichtert.

„Ich hab Dich auch lieb Stella. Pass auf Dich auf!" erwiderte Simon und dann legte er auf.

Nach dem Telefonat besserte sich meine Stimmung sofort. Ich war so froh, dass Simon und ich uns ausgesprochen hatten.

Am Nachmittag fuhr ich mit dem Fahrrad zum Supermarkt und kaufte ein paar Lebensmittel ein. Ich wollte am Abend für Tim und mich kochen.

Unterwegs lief mir meine Kollegin Bettina über den Weg.

„Hallo Stella!" rief sie und winkte schon von weitem.

Ich hielt neben ihr und sie fing gleich an zu reden.

„Ich wollte mich nochmal für die schöne Feier an Deinem Geburtstag bedanken!"

„Wie geht es Dir denn?" fragte sie scheinheilig.

Ich merkte sofort, dass sie eigentlich etwas anderes wissen wollte.

„Alles in bester Ordnung. Ich genieße die Ferien, und Du?" fragte ich.

„Ja, ich auch!" erwiderte sie und druckste herum.

„Wer war denn der junge Mann, der später auf Deine Feier kam? Woher kennst Du ihn denn?" kam sie jetzt mit der Sprache heraus.

Ich stieg vom Fahrrad und schob es eine Weile neben Bettina her.

„Das ist Tim, mein Freund!" sagte ich nach einer Weile.

Bettina machte große Augen und wurde rot, weil es ihr augenscheinlich peinlich war, weiter nachzufragen.

„Tim und ich habe uns in der Tanzschule kennengelernt und verliebt!" sagte ich um das Schweigen zu unterbrechen.

„Kann es sein, dass er jünger ist als Du?"
fragte Bettina und schaute dabei auf den
Boden.

„Ja, ich dachte ich probiere mal was
anderes aus!" antwortete ich.

Ich freute mich über Bettinas entsetztes
Gesicht und sprach gleich weiter:

„Die älteren Männer sind mir im Bett zu
langweilig!"

Jetzt bekam Bettina fast Schnappatmung
und sie wusste nicht mehr, was sie sagen
sollte.

Sie verabschiedete sich hastig und ich
musste einen Lachanfall unterdrücken. Aber
eins wusste ich auch.

Spätestens nach den Ferien wussten dann
alle Kollegen, dass ich mit einem jüngeren
Mann zusammen war. Ich war gespannt,
wer mich darauf ansprechen würde.

Als ich Tim abends davon erzählte, nahm er
mich in den Arm und sagte:

„Gut gemacht Frau Lehrerin. Sie lernen schnell!"

In den nächsten Tagen waren wir abwechselnd mal bei mir oder bei Tim.

Wir liebten uns jede Nacht und ich war mir sicher, die richtige Entscheidung getroffen zu haben. Wir waren so vertraut miteinander, als ob wir uns schon ewig kennen würden.

Bei unserer nächsten Tanzstunde versuchten wir erst gar nicht mehr so zu tun, als ob wir nur Freunde wären.

Immer wieder küsste Tim mich auf den Mund. Die anderen Kursteilnehmer reagierten unterschiedlich darauf.

Die nette Seniorin Elvira, die mir sehr sympathisch war, kam in der Pause zu mir und nahm mich in den Arm.

„Lassen Sie sich nichts einreden. Sie sind ein wunderschönes Paar und das Alter spielt keine Rolle."

„Schauen Sie mich an, ich bin über siebzig und will mich immer noch verlieben!"

Ich drückte sie fest. Das hatte ich nicht erwartet.

Andreas, unser Tanzlehrer, schaute allerdings missbilligend.

Mir war es an diesem Abend egal.

„Kann es sein, das Andreas eifersüchtig ist?" fragte mich Tim, als ich in sein Auto stieg. „Der lässt Dich ja nicht aus den Augen!"

Ich war erstaunt, denn das war mir gar nicht aufgefallen.

Er kümmerte sich um mich nicht mehr, als um die anderen Kursteilnehmer.

Ich zuckte die Schultern.

„Das ist sein Problem!" erwiderte ich.

Tim schaute mich von der Seite an und antwortete:

„Hoffentlich wird er nicht mal zu unserem Problem!"

„Bist Du jetzt eifersüchtig?" fragte ich überrascht.

„Ich hoffe, ich habe keinen Grund!" antwortete Tim.

Seine Worte verursachten ein komisches Gefühl in mir. Ich wusste nicht, wie ich es einordnen sollte. Ich schaute aus dem Fenster und antwortete nicht mehr auf Tims Äußerung.

Es herrschte am Abend eine angespannte Stimmung.

Wir saßen auf Tims Dachterrasse und tranken Wein. Die Sonne ging gerade hinter den Häusern unter und es wurde angenehm kühl.

„Möchtest Du noch etwas essen? Wir könnten uns eine Pizza bestellen?" fragte ich.

Tim stand auf und kam zu mir. Dann kniete er sich vor mich und legte seinen Kopf in meinen Schoss.

„Sei nicht sauer über das, was ich vorhin gesagt habe. Es tut mir leid, aber ich bin manchmal grundlos eifersüchtig. Ich habe Angst Dich zu verlieren!" sagte er leise.

Ich streichelte über seine Haare.

„Du hast keinen Grund, Dir Sorgen zu machen. Ich will Dich und keinen anderen Mann!" antwortete ich.

„Warum warst Du eigentlich nie verheiratet?" fragte Tim und schaute mir tief in die Augen.

„Ich habe leider nie jemanden kennengelernt, mit dem ich mein Leben verbringen wollte. Dann bleibe ich lieber allein", erwiderte ich.

Tim stand auf und zog mich zu sich.

„Spiel nicht mit mir!" flüsterte er.

In diesem Moment wusste ich, dass Tim die gleichen Ängste hatte wie ich.

„Machen wir einen Deal?" wollte ich wissen.

Tim schaute überrascht.

„Ich möchte, dass wir uns gegenseitig versprechen, über alles zu reden und nichts zu verschweigen, aus Angst den anderen zu verletzen. Wenn uns etwas nicht gefällt, sprechen wir es direkt an. Ist das okay für Dich?" fragte ich.

Tim schaute in die Dunkelheit.

Dann strich er mir eine Locke aus dem Gesicht und küsste mich leidenschaftlich.

„Den Deal finde ich gut und Hunger habe ich jetzt nur noch auf Dich!" sagte er und zog mich quer durch die Wohnung bis ins Schlafzimmer.

Am nächsten Tag musste ich mal wieder in meine eigene Wohnung.

Die Post war liegen geblieben und die Blumen hatten Durst.

Ich öffnete alle Fenster, weil es durch die anhaltende Hitze sehr stickig war.

Ich ging unter die Dusche und schaute traurig in den leeren Kühlschrank, als es an der Tür klingelte.

Ich hatte nur ein Handtuch umgewickelt und ging zur Gegensprechanlage.

„Hallo! Wer ist da?" fragte ich.

„Ich bin es, Martin!" hörte ich die Stimme von meinem Kollegen. „Kann ich mal raufkommen?"

Ich drückte auf den Türöffner. Dann ging ich schnell ins Schlafzimmer um mich anzuziehen.

Ich hatte eigentlich keine Lust mit Martin zu reden.

Als er jetzt laut an meiner Wohnungstür klopfte, öffnete ich eher genervt die Tür.

„Hallo Stella!" sagte Martin.

Dann trat unaufgefordert in meine Wohnung.

Ich war irritiert und ärgerte mich darüber.

„Ich habe ein paarmal bei Dir angerufen, aber keinen erreicht!" sagte er.

„Ich habe Ferien!" sagte ich gereizt. „Ich war unterwegs."

„Ich dachte, wir könnten vielleicht nochmal zusammen ausgehen. Ich habe Theaterkarten für das Wochenende. Hast Du Lust?" fragte Martin.

„Es tut mir leid, aber ich habe keine Zeit und auch keine Lust. Wenn Du Dir Hoffnungen gemacht hast, dann muss ich Dich leider enttäuschen!" sagte ich.

Martin schaute mich auf einmal verächtlich an.

„Liegt es an dem jungen Gigolo, den Du kennengelernt hast? Was willst Du denn mit dem?" fragte er.

„Das ist meine Sache, und Tim ist alles andere als ein Gigolo. Er hat eine eigene Firma und ist bestimmt nicht auf meine Pension aus!" antwortete ich lauter als ich wollte.

„Der nutzt Dich doch nur aus!" sagte Martin gehässig.

„Ich glaube, Du gehst jetzt besser!"
antwortete ich und öffnete die Wohnungstür.

„Du wirst es bereuen, nicht auf mich gehört
zu haben!" zischte Martin und lief an mir
vorbei die Treppe hinunter.

Nachdem ich die Tür wieder geschlossen
hatte, merkte ich erst wie wütend ich war.

Was bildete sich dieser Blödmann nur ein?

Aber er hatte erreicht, dass ich wieder
verunsichert war.

An diesem Abend hatte Tim einen späten
Termin mit einem Kunden. Wir hatten
vereinbart, dass wir uns erst am nächsten
Tag wieder sehen würden.

Das gab mir endlich Gelegenheit, mir über
die Beziehung zu Tim Gedanken zu
machen. Es war bisher alles so schnell
gegangen.

Ich legte eine CD von einer deutschen
Musikerin ein und machte es mir mit einem
Glas Wein auf die Couch gemütlich.

Mir war klar, dass ich in einer komplizierten Lage war.

In der kurzen Zeit mit Tim, hatte ich mich schon zu sehr in ihn verliebt, um es jetzt wieder zu beenden.

Es wurde auch Zeit, nicht gleich wieder bei den ersten Problemen die Flinte ins Korn zu werfen.

Früher hatte ich mich nur allzu gern von anderen beeinflussen lassen oder hatte meinen eigenen Gefühlen nicht getraut.

In meinen bisherigen Beziehungen gab es auch nur einen Mann, der mir wirklich etwas bedeutet hatte. Die anderen waren nur Zeitvertreib.

Mit Paul, einem Musiker, war ich fast fünf Jahre zusammen. Ich war erst achtzehn, als ich ihn in einer Bar, wo seine Band spielte, kennengelernt hatte. Dann wurde es mit der Zeit immer deutlicher, dass wir viel zu unterschiedlich waren.

Paul war ein Freigeist, der in den Tag hinein lebte und ich eine typische Studentin, die einmal Lehrerin werden wollte und nicht aus ihrer Haut konnte.

Irgendwann konnte ich nicht mehr mit Paul mithalten.

Seine Freunde akzeptierten mich nicht und ich konnte nichts mit ihnen anfangen. Ich hatte dann Schluss gemacht und danach tagelang geheult.

Alle anderen Beziehungen, die ich danach hatte, waren nur von kurzer Dauer.

Warum zögerte ich jetzt, Tim und mir eine Chance zu geben?

Und auf einmal wusste ich es!

Ich hatte Angst davor, was die Leute über mich denken könnten und das man mir ständig erzählte, ich sei zu alt für solch eine Beziehung. Welche Frau wurde schon gern damit konfrontiert?

Andererseits zerrissen sich die Leute auch über andere Dinge die Mäuler und es konnte mir eigentlich egal sein!

Und dann sang die Musikerin einen Satz in meinem Lieblingslied:

Auf was wartest Du? Soll das Leben einfach so an Dir vorüberziehen?

Und dann wusste ich, was ich wollte: Ich wollte mit Tim glücklich werden, egal was die Anderen sagten.

Zwei Tage später ging ich mit Tim abends ins Kino. Es lief ein romantischer Liebesfilm, der von den Kritikern hochgelobt wurde.

Wir suchten unsere Plätze und ließen uns mit großen Popkorntüten nieder. Das Kino füllte sich zusehends. Neben uns setzte sich ein junges Pärchen. Die Frau saß neben Tim und schaute ständig zu mir herüber.

Tim hatte es anscheinend auch gemerkt, denn er nahm jetzt demonstrativ meine Hand.

Er beugte sich zu mir, um mich zu küssen.

Die junge Frau schaute ungläubig zu uns und tuschelte dann mit ihrem Freund, der prompt auch zu uns hinüber sah. Er grinste nur, aber seine Freundin fand es anscheinend unpassend, dass wir ein Paar waren. Sie machte ein abwertendes Gesicht.

„Blöde Kuh!" dachte ich und Tim sprach es aus. Er flüsterte es mir ins Ohr und ich musste lachen.

Der Film war wirklich wunderbar und ich musste mich ein paar Mal zurückhalten, um nicht zu weinen.

Tim drückte dann immer fest meine Hand.

Nach der Vorstellung standen wir im Foyer an der Bar, weil wir noch etwas trinken wollten.

Der junge Mann, der mit seiner Freundin neben uns saß, kam auf einmal auf uns zu.

„Ich wollte mich nur für das unreife Verhalten meiner Freundin entschuldigen!"

„Sie sehen sehr glücklich aus. Alles andere ist egal!" sagte er.

Ich war wirklich erstaunt und freute mich sehr über das, was er gesagt hatte.

Seine Freundin kam gerade von der Toilette und ging schnurstracks zum Ausgang, ohne auf ihren Freund zu warten. Der lief schnell hinter ihr her.

„Der arme Kerl!" sagte Tim. „Der hat bei ihr bestimmt nicht viel zu lachen!"

Als wir zwei Stunden später bei mir zuhause ankamen, war ich ziemlich beschwipst.

Tim schob mich grinsend zur Couch und setzte sich neben mich.

„Aber Frau Lehrerin! Sie haben wohl zu tief ins Glas geschaut!" sagte er und fing an die Knöpfe von meiner Bluse zu öffnen.

Wir küssten uns. Ich schob Tims Shirt nach oben und streichelte ihn.

„Dann muss ich wohl heute zur Strafe nachsitzen!" sagte ich.

Tim lachte laut und flüsterte mir ins Ohr:

„Ich bin verrückt nach Dir!"

Dann liebten wir uns gleich im Wohnzimmer.

Mitten in der Nacht wurde ich wach, weil ich furchtbaren Durst hatte.

Ich lag allein auf der Couch. Ich holte mir ein Glas Wasser aus der Küche und ging dann ins Schlafzimmer.

Tim lag im Bett und schnarchte leise. Sein Handy lag auf dem Nachttisch und blinkte. Ich schlich leise zum Bett und schaute nach, wer Tim eine Nachricht geschrieben hatte.

Das war etwas, was ich nie machen wollte, aber diesmal tat ich es und bereute es im gleichen Augenblick.

Eine Sarah hatte Tim geschrieben, dass sie ihn vermisst und sich sehr auf das Wiedersehen freute.

Ich legte das Handy schnell wieder zurück. Mein Herz klopfte wie wild. Ich konnte nicht glauben, was ich da gelesen hatte.

Ich ging zurück ins Wohnzimmer.

Ich konnte mich jetzt nicht neben Tim ins Bett legen. Ich war viel zu aufgeregt.

In dieser Nacht machte ich kein Auge mehr zu.

Ich konnte Tim auch nicht darauf ansprechen.

Dann hätte ich zugeben müssen, dass ich sein Handy genommen hatte.

Ich war in einer Zwickmühle und es ging mir schlecht. Ich war furchtbar eifersüchtig und enttäuscht.

Ganz früh am Morgen stand ich total übernächtigt auf und ging unter die Dusche.

Ich drehte das Wasser auf und hörte deshalb nicht, dass Tim auch ins Badezimmer gekommen war.

Er schob die Tür der Dusche zur Seite und grinste.

„Sollen wir gemeinsam duschen?" fragte er mit rauer Stimme.

Ich schüttelte den Kopf und zog die Tür wieder zu.

„Schade!" sagte Tim und verließ das Badezimmer.

Als ich später in die Küche kam, hatte Tim schon einen Tee für mich gekocht.

Er küsste mich auf die Stirn und ging dann auch unter die Dusche.

Als er kurze Zeit später wieder in die Küche kam, sah er mich fragend an.

„Ist irgendetwas? Du bist so komisch!" sagte er.

„Ich bin nur müde!" sagte ich leise.

„Ich muss los. Ich habe heute einige Termine!" antwortete Tim. „Sehen wir uns heute Abend?"

„Heute geht es bei mir nicht. Ich habe mich mit Claudia verabredet!" antwortete ich.

Das stimmte gar nicht, aber ich wollte allein sein und über alles nachdenken. Ich wollte Tim heute nicht um mich haben.

Tim schaute überrascht.

„Okay. Dann rufe ich Dich einfach zwischendurch mal an", sagte er und ging zur Tür. Dann verließ er die Wohnung.

Nachdem ich allein in der Wohnung war, kamen mir die Tränen.

Ich weinte hemmungslos. Warum hatte ich nur geglaubt, dass es so ein gutaussehender, viel jüngerer Mann mit mir Ernst meinte. Es hatten doch alle recht gehabt, die mich gewarnt hatten.

Ich hielt es am Mittag nicht mehr aus. Ich zog mich an und fuhr in die Innenstadt.

Ich wollte zu Tim ins Büro, um mit ihm zu sprechen.

Ich nahm den Bus, denn ich war zu aufgeregt, um mit dem Fahrrad zu fahren. Sonst hätte ich vielleicht noch einen Unfall gebaut.

Die Bushaltestelle lag direkt gegenüber von Tims Büro.

Ich stand auf und stellte mich an die Tür um den Halteknopf zu drücken. Der Bus musste noch an einer Ampel warten.

Ich schaute aus dem Fenster und dann wurde mir schlecht.

Am Zebrastreifen stand Tim mit einer jungen Frau. Er umarmte sie herzlich und beide lachten.

„Wollen Sie jetzt aussteigen oder nicht?" fragte mich der Busfahrer unfreundlich.

Ich schrak zusammen und schüttelte den Kopf.

Dann setzte ich mich wieder zurück auf meinen Sitz. Meine Knie zitterten und mein Herz klopfte wie wild.

Das war wohl der wichtige Termin, den Tim heute hatte. Ich war wie vor den Kopf geschlagen.

Ich wusste später nicht mehr genau, wie ich nach Hause gekommen war. In der Wohnung warf ich mich auf mein Bett.

Ich konnte die Tränen nicht mehr zurück halten.

Am späten Nachmittag klingelte mein Handy ununterbrochen. Es war Tim.

Ich stellte den Ton ab. Ich wollte nicht mit ihm sprechen. Nicht in diesem Zustand.

Um mich abzulenken putzte ich die ganze Wohnung. Als ich mit der Küche fertig war nahm ich mir ein Glas Wein.

Ich setzte mich auf den Balkon.

Die Ferien neigten sich dem Ende zu. Noch eine Woche, dann würde die Schule wieder beginnen. Ich freute mich darauf. Ich liebte meinen Beruf.

Nachdem ich ein zweites Glas Wein getrunken hatte, wurde ich ruhiger.

„Sei froh, dass es jetzt passiert ist!" sagte ich zu mir.

Aber ich war sehr verletzt und wütend.

Am Abend schaute ich nochmal auf mein Handy.

Tim hatte mehrfach versucht mich zu erreichen. Dann hatte er mir eine Nachricht geschrieben.

„Warum gehst Du nicht ans Telefon. Was ist denn los?" hatte er geschrieben.

Weil ich nicht wollte, dass er bei mir aufkreuzte, schrieb ich zurück, dass alles in Ordnung sei, ich aber mal allein sein wollte.

Darauf kam dann keine weitere Antwort.

In der Nacht wälzte ich mich hin und her. Erst am frühen Morgen konnte ich endlich einschlafen.

Ich wurde erst gegen Mittag wach, weil es an der Tür klingelte. Ich blieb liegen. Ich wollte nichts hören und sehen.

Trotzdem stand ich kurze Zeit später auf. Ich ging in die Küche, um mir einen Tee zu kochen.

Als ich im Badezimmer in den Spiegel schaute, erschrak ich vor mir selbst.

Ich hatte dunkle Ränder unter den geröteten Augen und meine Haare standen in alle Himmelrichtungen ab.

Ich wusch mein Gesicht mit kaltem Wasser und putze mir die Zähne.

Dann legte ich ein leichtes Makeup auf, damit man die Spuren der schlaflosen Nacht nicht so erkennen konnte.

Es war ein schöner Sommertag, aber nicht mehr so heiß wie die letzten Wochen. Ich hatte plötzlich das dringende Bedürfnis an die frische Luft zu gehen.

Also holte ich mein Fahrrad aus dem Hof und fuhr zum Weißensee.

Ich hatte eine Decke und eine Flasche Wasser dabei.

Es war ziemlich voll, denn in den Sommerferien blieben viele Eltern zuhause und machten mit den Kindern Urlaub an den Berliner Seen.

Ich zog meine Shorts und Bluse aus und legte die Sachen in meinen Fahrradkorb.

Als ich mich auf die Decke legen wollte, hörte ich plötzlich jemand meinen Namen rufen.

„Stella! Bist Du es wirklich?" fragte mich ein Mann, der jetzt lächelnd auf mich zukam.

Ich schaute etwas irritiert und dann erkannte ich ihn.

Es war meine Jugendliebe Paul!

Er war etwas kräftiger geworden und seine langen Haare waren einem modernen Schnitt gewichen. Aber sein Lächeln war umwerfend wie früher.

„Paul! Was für ein Zufall. Wie geht es Dir?" fragte ich.

„Mir geht es wieder gut!" antwortete er und nahm mich in den Arm. „Ich habe Dich sofort wiedererkannt. Du bist so schön wie früher!"

Ich reagierte nicht auf sein Kompliment sondern fragte:

„Was heißt, dass es Dir wieder gut geht. War das mal anders?"

Paul schaute nachdenklich.

„Darf ich mich setzen? Dann erzähle ich es Dir!" erwiderte er zögernd.

Ich nickte.

„Natürlich!" sagte ich.

Nachdem wir uns auf meine Decke gesetzt hatten, fing Paul an zu reden.

„Ich war verheiratet. Meine Frau ist vor zwei Jahren an Krebs gestorben. Das hat mich eine Zeitlang aus der Bahn geworfen!"

„Das tut mir furchtbar leid!" sagte ich.

Paul schaute in Richtung Wasser.

Er brauchte eine Weile bis er antwortete.

„Was machst Du denn so. Bist Du auch verheiratet?" fragte er um abzulenken.

„Nein, bin ich nicht. Bisher hat mich niemand gefragt!" antwortete ich traurig.

„Das kann ich nicht verstehen! Ich hätte Dich damals direkt geheiratet. Aber wir waren zu jung und Du hast Schluss gemacht, bevor ich fragen konnte."

Ich schaute Paul überrascht an.

„Wirklich? Das habe ich nicht geahnt!" sagte ich erstaunt.

„Ich war damals lange Zeit am Boden zerstört, nachdem Du mich verlassen hast." „Aber Du hattest wohl Deine Gründe", antwortete Paul.

„Wir haben nie wirklich darüber gesprochen", gab ich zu. „Ich habe damals gerade mein Referendariat gemacht. Wie alt war ich zu der Zeit?"

„Dreiundzwanzig!" sagte Paul direkt.

„Mein Gott, ist das lange her!" erwiderte ich.

Paul schaute mich lange an, dann nahm er meine Hand.

„Bist Du glücklich?" fragte er.

In diesem Moment kamen mir die Tränen. Ich holte schnell ein Taschentuch aus meiner Handtasche.

„Habe ich etwas Falsches gesagt?" fragte Paul erschrocken.

Ich schluchzte und erzählte ihm dann, was mich im Moment so traurig machte.

Paul nahm mich in den Arm und ließ mich weinen.

Es tat gut und ich hatte kurz das Gefühl, dass die Zeit stehen geblieben war.

Wir saßen noch lange zusammen und unterhielten uns über alte Zeiten und was wir später erlebt hatten.

Paul hatte die Musik aufgegeben. Es war nur noch ein Hobby. Er hatte mittlerweile eine kleine Eventagentur.

Am späten Nachmittag packte ich meine Sachen zusammen und verabschiedete mich von Paul.

„Gibst Du mir Deine Handynummer? Ich würde gern mit Dir in Kontakt bleiben!" fragte Paul.

Ich lächelte, denn er hielt mir sein Handy direkt unter die Nase.

Ich tippte meine Nummer ein und gab es ihm zurück.

„Pass auf Dich auf Stella!" sagte er. Dann drehte er sich um und ging in Richtung Straße.

Ich sah ihm noch eine Weile nach. Dann fuhr ich auch wieder nach Hause.

Ich brachte mein Fahrrad in den Innenhof.

Als ich die Haustür aufschloss, legte plötzlich jemand seine Hand auf meine Schulter.

Ich drehte mich erschrocken um und sah in Tims wütendes Gesicht.

„Warum meldest Du Dich nicht. Ich mache mir Sorgen, oder habe ich etwas getan, was Dich verärgert hat? Rede mit mir!!" sagte er laut.

„Komm mit hoch und mach nicht so ein Theater!" sagte ich.

Tim stapfte ohne ein Wort hinter mir her bis zur Wohnung.

Ich öffnete die Tür und ließ ihn hinein.

„Möchtest Du etwas trinken?" fragte ich.

Tim nickte.

„Hast Du ein Bier?" fragte er.

Ich ging an den Kühlschrank und holte zwei Flaschen Bier heraus.

Als ich Tim den Flaschenöffner reichte, nahm er meine Hand.

„Erinnerst Du Dich noch an unseren Deal? Wir haben uns doch versprochen über alles zu reden!" sagte er leise.

Natürlich erinnerte ich mich daran und ich hatte plötzlich ein schrecklich schlechtes Gewissen.

„Setz Dich mal Tim. Ich muss Dir was beichten!" sagte ich.

Er sah mich erschrocken an und setzte sich zögernd auf die Couch.

Als ich mich neben ihn setzte, klopfte mein Herz ganz laut.

„Ich habe etwas völlig Blödes gemacht. Ich habe eine Deiner Nachrichten auf dem Handy gelesen. Sie war von einer Sarah!" flüsterte ich, weil es mir so peinlich war.

Tims Mine verfinsterte sich, er sagte aber nichts dazu.

„Dann war ich gestern bei Dir am Büro und habe Dich sehr vertraut mit einer jungen Frau gesehen. Muss ich mir Sorgen machen?" wollte ich wissen.

Tim räusperte sich.

„Das Du meine Nachrichten gelesen hast, war wirklich nicht richtig. Das ist ein Vertrauensbruch!" antwortete er.

Ich wurde rot, weil ich mich schämte.

„Willst Du wissen, wer Sarah ist?" fragte Tim.

Ich nickte und war auf alles gefasst.

„Meine Eltern haben sich vor vielen Jahren scheiden lassen. Mein Vater hat dann wieder geheiratet. Sarah ist seine Tochter aus zweiter Ehe und meine Stiefschwester. Wir haben uns ewig nicht gesehen!" antwortete Tim und sah mich dabei ernst an.

Mir liefen die Tränen der Erleichterung über das Gesicht.

Tim beugte sich zu mir und küsste mich.

„Du bist ein Dummkopf. Warum hast Du mich nicht einfach direkt gefragt?" wollte Tim wissen.

„Ich hatte Angst vor der Antwort!" schluchzte ich.

Tim wiegte mich in seinen Armen.

„Wenn Du wüsstest, wie sehr ich Dich liebe und wie schlecht es mir gestern ging. Mach sowas nie wieder mit mir!" flüsterte er mir ins Ohr.

„Ich verspreche es!" sagte ich.

Tim blieb in dieser Nacht bei mir. Wir schliefen aber nicht miteinander, sondern redeten endlich einmal über unsere Gefühle. Irgendwann schlief ich glücklich in Tims Armen ein.

Am nächsten Morgen musste Tim früh ins Büro. Ich stand mit ihm auf und kochte ihm einen Kaffee.

„Heute ist mein letzter Ferientag!" sagte ich. Ab Montag muss ich auch wieder früh raus. Ich werde heute schon etwas für den Schulbeginn vorbereiten!" sagte ich und gähnte.

„Dann kommst Du auch nicht auf dumme Gedanken!" antwortete Tim und zwinkerte mir zu.

Nachdem er gegangen war, ordnete ich schon mal meine Unterlagen für den Start in die neue Schulsaison.

Ich war gespannt, was meine Kollegen erzählten und ob sie einen schönen Urlaub hatten.

Am meisten war ich auf Martins Reaktion gespannt.

Er hatte sich nach dem letzten unschönen Treffen nicht mehr gemeldet. Das war mir sehr recht.

Am Nachmittag telefonierte ich mal wieder mit meinem Bruder.

Simon war gut gelaunt und erwähnte unseren Streit mit keinem Wort mehr.

„Was macht die junge Liebe?" fragte er um mich zu necken.

„Tim und ich verstehen uns super. Wir können über alles reden!" antwortete ich und dachte an unsere Aussprache.

„Das ist doch schön. Ich freue mich für Dich. Habt Ihr Lust nächstes Wochenende zu uns zu kommen. Martina kocht was Schönes!" wollte Simon wissen.

„Ich frage Tim, aber es sollte klappen. Bisher haben wir noch nichts vor", antwortete ich.

„Dann sag doch einfach nochmal Bescheid. Wäre Freitagabend gegen zwanzig Uhr okay?" fragte Simon.

„Ich melde mich, sobald ich es mit Tim abgesprochen habe. Bis dann Simon und Grüße an den Rest der Familie!"

Nachdem ich aufgelegt hatte, musste ich lachen, weil ich an Martinas Kochkünste dachte. Vielleicht sollten Tim und ich doch vorher noch eine Kleinigkeit zuhause essen.

Das letzte Mal gab es Frikadellen, die waren so hart, dass man mit ihnen Fensterscheiben einwerfen konnte. Ich wunderte mich, woher Simon seinen dicken Bauch hatte. Wahrscheinlich war das Essen in seiner Kantine schuld.

Ich ging in die Küche und bereitete das Abendessen für Tim und mich zu.

Es gab selbstgemachte Ravioli mit einer Parmesansauce. Wir beide liebten die italienische Küche.

Als wir abends am Tisch saßen, fragte ich Tim, ob er Lust hatte, meinen Bruder und seine Familie zu besuchen.

Tim schaute erstaunt.

„Du hast mir gar nicht gesagt, dass ihr euch wieder vertragen habt!" sagte er.

„Simon und ich haben zuletzt miteinander telefoniert und uns ausgesprochen", erwiderte ich.

„Hat er nichts mehr gegen mich einzuwenden?" fragte Tim und grinste.

„Dein Bruder ist ja schlimmer als ein zukünftiger Schwiegervater."

Ich hatte Tim erzählt, dass meine Eltern schon vor vielen Jahren gestorben waren.

Sie sind erst sehr spät Eltern geworden. Meine Mutter war schon über vierzig, als ich geboren wurde.

„Da hast Du Recht. Er hat schon früh die Rolle des großen Bruders und Ersatzvaters übernommen", antwortete ich. „Außerdem hat er es sich zur Aufgabe gemacht, mich dauerhaft an den Mann zu bringen!"

Tim lachte laut.

„Du hast einen wunderbaren Humor Stella! Das ist ein weiterer Grund, warum ich Dich liebe."

Dann nahm Tim meine Hand und schaute mich fragend an.

„Wie sind Deine Gefühle für mich? Kannst Du Dir vorstellen, mit mir zusammen zu ziehen? Ich weiß, es ist früh, aber worauf sollen wir noch warten?"

„Lass uns noch etwas abwarten. Wir kennen uns doch erst seit ein paar Wochen. Ich bin noch nicht soweit!" antwortete ich.

Als ich Tims enttäuschtes Gesicht sah, fügte ich noch hinzu:

„Ich liebe Dich auch! Ich hoffe Du glaubst mir!"

„Das wollte ich endlich mal hören!" sagte Tim. Er lächelte erleichtert.

Am Montag begann der Alltag wieder. Tim war fast immer bei mir. Er hatte schon einige Sachen in meiner Wohnung deponiert und so langsam fühlte es sich nach einer richtigen Beziehung an.

Am darauffolgenden Freitag waren wir abends bei Simon eingeladen.

Martina öffnete gut gelaunt die Tür und begrüßte uns herzlich.

„Kommt doch rein. Schön, Dich endlich mal kennen zu lernen!" sagte sie zu Tim.

„Ich freue mich auch!" antwortete Tim höflich.

Meine Nichten Pia und Mona saßen schon am Tisch und schauten neugierig, als wir ins Wohnzimmer kamen.

Die Beiden Mädchen waren dreizehn und fünfzehn Jahre alt und mitten in der Pubertät. Pia, die Ältere, machte große Augen und wurde verlegen, als sie Tim sah. Er schien ihr zu gefallen.

Simon kam aus der Küche und nahm mich in den Arm. Danach gab er Tim die Hand.

„Auf einen Neuanfang. Unser letztes Treffen habe ich ja versaut!" sagte Simon und wir mussten alle lachen.

Mir fiel ein Stein vom Herzen, auch weil ich sah, dass Simon heute gekocht hatte.

Nach dem Essen gingen die Mädchen tuschelnd in ihre Zimmer. Simon holte eine weitere Flasche Wein und schenkte uns nach.

Es wurde ein wirklich schöner Abend. Als wir uns verabschiedeten, flüsterte mir Simon ins Ohr:

„Ich muss mein Urteil wirklich revidieren. Tim ist ein netter Kerl. Ich wünsche Euch viel Glück!"

Ich drückte meinen Bruder fest und erzählte draußen gleich Tim, was er gesagt hatte.

„Wo er Recht hat, hat er recht!" sagte Tim lachend. „Ich bin doch ein toller Typ!"

„Gehen wir heute mal zu Dir?" fragte ich.

„Ich möchte morgen gern mal von Dir Frühstück ans Bett bekommen!" sagte ich grinsend.

„Selbstverständlich die Dame. Ihr Wunsch ist mir Befehl!" antwortete Tim. Dann blieb er stehen und küsste mich, dass mir die Luft wegblieb.

Als ich am Montag ins Klassenzimmer kam, merkte ich gleich, dass dicke Luft herrschte.

Bettina nahm mich zur Seite und flüsterte:

„Hast Du schon gehört? Martin hat gekündigt. Er geht ans Emil Nolde Gymnasium!" sagte sie aufgeregt.

„Warum das denn?" fragte ich erstaunt.

„Kannst Du es Dir nicht denken?" fragte Bettina.

Ich zuckte die Schultern.

„Na wegen Dir. Er will nicht jeden Tag sehen, wie glücklich Du mit Deinem jungen Freund bist!" sagte sie vorwurfsvoll.

„Das ist meine Entscheidung und geht ihn nichts an!" antwortete ich und ging an unseren Stundenplan. Hier stand die Liste der Lehrer und in welcher Klasse jeder unterrichteten sollte.

Bettina schaute beleidigt, weil ich nicht weiter auf ihr Getratsche einging und lief gleich zur nächsten Kollegin.

Die Beiden redeten augenscheinlich über mich, denn sie schauten abwechselnd zu mir herüber.

Ich nahm meine Tasche und ging in die 8B, wo ich heute Biologie unterrichtete.

Nach der letzten Stunde lief mir dann Martin doch noch über den Weg.

Er wollte einfach an mir vorbeigehen, ich sprach ihn aber an.

„Warum hast Du gekündigt? Ich habe es vorhin erst erfahren!" fragte ich.

„Ich wollte schon lange wechseln. Ich habe dort außerdem die Möglichkeit doch noch Rektor zu werden", antwortete er genervt.

„Verstehe!" sagte ich.

„Nichts verstehst Du! Du bist eine egoistische, herzlose Person. Kaum kommt da ein Jüngerer, schon hast Du mich abserviert!" zischte er böse.

Dann drehte er sich um und lief den Flur hinunter. Ich schaute ihm ratlos hinterher.

Als ich zuhause die Wohnungstür aufschloss, hörte ich, dass Tim schon da war. Er hatte mittlerweile seinen eigenen Schlüssel.

„Du bist ja schon zuhause!" sagte ich erfreut.

Tim kam aus der Küche. Er hatte nur eine Shorts und eine Schürze darüber an.

„Das sieht ja sexy aus!" sagte ich.

Tim grinste.

„Es war einfach zu warm und ich wollte Dir etwas bieten!" antwortete er.

„Dann schalte mal den Herd ab, bevor etwas anbrennt!" sagte ich und zog Tim an der Schürze. „Ich geh schon mal unter die Dusche."

Später lagen wir verschwitzt nebeneinander im Bett und mein Magen knurrte laut.

„Das hast Du davon, mich ins Bett zu zerren. Bis das Essen fertig ist, dauert es jetzt noch!"

„Dann hopp in die Küche. Ich hole uns etwas zu trinken und leiste Dir Gesellschaft!" sagte ich und stand auf.

Tim rührte seelenruhig in einem Topf. Er hatte eine Minestrone, eine italienische Gemüsesuppe, vorbereitet.

In diesem Moment klingelte mein Handy.

Es war Paul.

„Hi Stella, wie geht's?" fragte er.

„Paul, wie schön von Dir zu hören!" sagte ich.

Tim drehte sich um und schaute fragend.

„Ich wollte Dich anrufen, damit Du auch meine Nummer hast. Außerdem wollte Dich fragen, ob es sich mit deinem Freund wieder eingerenkt hat."

Es war mir unangenehm vor Tim davon zu sprechen, deshalb sagte ich:

„Kann ich Dich morgen zurückrufen?"

Paul verstand sofort.

„Ja, natürlich. Bis morgen!" sagte er und legte direkt auf.

„Wer war das?" fragte Tim neugierig.

„Das war Paul, ein alter Freund. Ich habe ihn durch Zufall nach vielen Jahren wiedergesehen!" erwiderte ich.

„Und er hat gleich Deine Handynummer?" fragte Tim.

„Warum nicht? Muss ich Dich erst um Erlaubnis fragen, wenn ich jemanden meine Nummer gebe?" fragte ich sarkastisch.

Tim schaute auf einmal sehr wütend.

Er stellte den Herd ab und warf die Schürze in die Ecke.

Dann nahm er seine Jacke von der Garderobe und schlug die Tür hinter sich zu.

Mit dieser Reaktion hatte ich überhaupt nicht gerechnet.

Tim kam an diesem Abend nicht wieder. Ich versuchte ihn anzurufen, aber er ging nicht ans Telefon. Ich sprach ihm auf Mailbox:

„Dein Verhalten ist kindisch. Wir wollten uns doch sagen, wenn uns etwas nicht passt. Türenknallen ist keine Lösung!"

Mitten in der Nacht schrieb Tim mir eine Nachricht.

Wenn ich Dir zu kindisch bin, können wir es gleich lassen!

Ich hatte das Handy auf lautlos gestellt, deshalb las ich die Nachricht erst am nächsten Morgen.

Ich wusste nicht, was ich davon halten sollte, konnte mir aber keine weiteren Gedanken darüber machen, weil ich in die Schule musste.

Als ich am Nachmittag nach Hause kam, versuchte ich nochmal Tim anzurufen. Es ging wieder nur die Mailbox an.

Ich hörte an diesem und auch am nächsten Tag nichts von Tim. Am Mittwochabend hatten wir wieder unseren Tanzkurs. Es war die vorläufig letzte Stunde.

Wie ich es schon erwartet hatte, kam Tim nicht. Ich war deshalb auch nicht richtig bei der Sache.

Nach der Tanzstunde lud uns Andreas alle noch zu einem Glas Sekt ein.

Er fragte gleich, wer den Anschlusskurs buchen wollte. Ich wollte es mir noch überlegen.

Ich verabschiedete mich von allen und fuhr ganz in Gedanken nach Hause. Fast wäre ich vor ein Auto gefahren, weil ich eine rote Ampel übersehen hatte. Ich erschrak fürchterlich und war froh, dass ich ohne weitere Vorfälle zuhause ankam.

Am nächsten Tag rief dann Paul nochmal an. Ich hatte völlig vergessen ihn zurück zu rufen.

„Alles okay bei Dir Stella? Oder bist Du so im Stress?" fragte er vorsichtig.

„Ach Paul, es tut mir leid. Ich habe Dich vergessen. Es geht mir im Moment nicht so gut!" sagte ich schuldbewusst.

„Sollen wir uns treffen? Hast Du Lust?" wollte Paul wissen.

Wir verabredeten uns für den Abend in einer Bar, die Paul vorgeschlagen hatte. Er war dort schon öfter, weil es dort eine Live Band gab.

Ich war etwas zu früh und wartete vor der Tür auf Paul.

Wir blieben zwei Stunden in der Bar, dann wurde es uns dort zu laut. Man konnte sich kaum unterhalten, darum wechselten wir in ein Nacht Café.

Hier waren um diese Zeit nur ein paar Gäste.

Paul bestellte einen Kaffee für sich und für mich einen Tee. Er konnte sich noch daran erinnern, dass ich keinen Kaffee trank.

„Ich muss ja noch fahren, darum ist es ganz gut, wenn ich jetzt keinen Alkohol mehr trinke!" sagte er.

Wir saßen lange zusammen. Ich schüttete Paul mein Herz aus. Er war auch schon früher ein guter Zuhörer.

„Willst Du Tim denn zurück haben? Vielleicht ist er doch noch zu unreif und kompromisslos. Wir haben schon mehr Lebenserfahrung und machen dadurch weniger überstürzte Handlungen", sagte Paul, als ich ihn unglücklich anschaute.

„Ich weiß zum ersten Mal in meinem Leben nicht, was ich machen soll. Mein Kopf sagt, sei vernünftig und lass Tim gehen. Mein Herz sagt aber genau das Gegenteil!" antwortete ich.

Paul seufzte.

„Ich bin eigentlich kein guter Ratgeber für Dich!" sagte er leise. „Mir wäre es ganz recht, wenn Du Tim den Laufpass gibst. Dann hätte ich vielleicht wieder eine Chance bei Dir!"

Ich hob erstaunt den Kopf und schaute Paul ungläubig an.

„Ich habe Dich nie wirklich vergessen, auch wenn ich meine Frau geliebt habe. Das mit uns war damals einzigartig!" sprach Paul gleich weiter.

„Aber man kann die Zeit nicht zurückdrehen!" erwiderte ich.

„Vielleicht schon! Man muss es nur wollen!" antwortete Paul.

Das hatte mir gerade noch gefehlt! Jetzt hatte ich gleich zwei Probleme. Das eine saß mir gegenüber und Problem Nummer zwei wollte nichts mehr von mir wissen.

Paul sah mich lange an, dann winkte er der Kellnerin und fragte nach der Rechnung.

„Ich denke, ich bringe Dich jetzt mal nach Hause. Es war der falsche Zeitpunkt, Dir zu sagen, dass Du mir immer noch verdammt viel bedeutest!" sagte er.

Ich war völlig durcheinander und nicht in der Lage etwas dazu zu sagen.

Paul und ich gingen durch die Dunkelheit zu seinem Auto, das in einer Seitenstraße stand.

Wir schwiegen beide, bis wir vor meiner Haustür angekommen waren.

„Danke für den schönen Abend und das Du mir zugehört hast!" sagte ich zum Abschied.

Paul nickte nur und drückte meine Hand.

„Melde Dich, wenn Du mich brauchst!" antwortete er und nahm mich in den Arm. Dann küsste er mich zärtlich, aber ich entzog mich seiner Umarmung.

„Gute Nacht Paul!" antwortete ich und stieg aus dem Auto.

Als ich am nächsten Tag aus der Schule kam und die Wohnungstür aufschloss, merkte ich gleich, dass irgendetwas nicht stimmte.

Auf dem Küchentisch lag mein Wohnungsschlüssel, den ich Tim gegeben hatte.

Ich ging zum Schlafzimmerschrank. Tims Sachen waren weg. Auch aus dem Badezimmer hatte er seine Utensilien entfernt.

Ich setzte mich auf den Badewannenrand und war völlig aufgelöst.

Was hatte ich denn Schlimmes gesagt? Ich konnte mir keinen Reim daraus machen.

Ich wollte Tim aber nicht gleich nachlaufen.

Die folgende Woche war die Hölle für mich. Ich versuchte mich abzulenken und war in er Schule unkonzentriert.

Weitere zwei Wochen vergingen, ohne dass ich etwas von Tim hörte. Ich hatte mehr als einmal das Telefon in der Hand um ihn anzurufen, tat es aber nicht. Mein Stolz war zu groß.

Irgendwann hielt ich es dann aber nicht mehr aus. Ich fuhr zu Tims Wohnung. Dort öffnete aber niemand. Dann fuhr ich zu seinem Büro. Ich wollte wissen, was los ist und ihm dabei ins Gesicht sehen.

Als ich vor dem Eingang des großen Bürogebäudes stand, klopfte mein Herz wie wild.

Ich fuhr mit dem Aufzug in den dritten Stock. Hier befand sich Tims Büro.

Als ich klingelte, bekam ich weiche Knie. Wie würde Tim reagieren?

Ein junger Mann öffnete mir und sah mich fragend an.

„Hallo. Ich möchte zu Tim Lohner. Ist er da?" fragte ich nervös.

„Sind Sie Stella?" fragte der junge Mann.

Ich nickte und er ließ mich ins Büro eintreten.

„Ich bin Dirk, Tims Kollege und Freund. Tim ist nicht da. Er hat einen Auftrag der Firma in Hongkong angenommen. Er ist vor einer Woche geflogen!"

Ich schaute ungläubig. Das konnte doch nicht wahr sein. Tim war einfach nach Asien abgereist, ohne mich nochmal anzurufen. Ich war völlig ratlos.

Dirk, Tims Kollege, bot mir einen Stuhl an, weil er dachte, ich werde ohnmächtig.

„Tim hat viel von Ihnen erzählt. Es tut mir leid, dass ihre Beziehung nicht funktioniert hat!" sagte Dirk, nachdem ich mich gesetzte hatte.

„Ich weiß nicht, was Tim Ihnen erzählt hat, aber für mich war unsere Beziehung nicht zu ende. Wir haben uns nur gestritten", antwortete ich leise.

„Tim war jedenfalls am Boden zerstört und hat direkt diesen Auftrag angenommen. Ich war selbst ziemlich erstaunt!" erwiderte Dirk.

„Wann kommt er denn wieder?" wollte ich wissen.

Dirk spielte mit einem Brieföffner und räusperte sich.

Dann sagte er: „Frühestens in sechs Monaten!"

Bei seinen Worten wurde mir auf einmal schlecht.

„Haben Sie hier eine Toilette?" fragte ich.

Dirk stand auf und zeigte mir den Raum am Ende des Flures.

Ich drehte das Wasser auf und wusch mir das Gesicht mit kaltem Wasser. Dann setzte ich mich auf den Toilettendeckel und musste mich erstmal beruhigen.

Ich war plötzlich unglaublich wütend auf Tim und seine Reaktion auf diesen harmlosen Streit.

Das war wirklich kindisch und unreif. Vielleicht war es wirklich besser so.

Nach einer Weile rappelte ich mich wieder auf und ich verabschiedete mich von Dirk.

„Wollen Sie Tims Handynummer? Ihm ist sein altes Handy in Hongkong am Flughafen gestohlen worden. Er hat nur noch das Firmenhandy", fragte Dirk.

Ich wollte schon nicken, überlegte es mir aber anders. Ich war einfach zu enttäuscht.

„Nein, das ist nicht nötig!" sagte ich und verließ das Büro.

Am Abend rief ich Claudia an. Ich heulte am Telefon und sie kam direkt zu mir.

Sie blieb bis in die Nacht bei mir und tröstete mich.

Als sie gegen Mitternacht wieder nach Hause fuhr, hatte ich mich etwas beruhigt.

Trotzdem blieb ich noch lange wach und grübelte, was mit Tim und mir schief gelaufen war.

Der Sommer verabschiedete sich langsam. In der nächsten Woche verabredete ich mich noch einmal mit Paul.

Wir gingen im Park spazieren. Es war schön, Paul an meiner Seite zu haben. Ich hatte ihm erzählt, dass Tim sang- und klanglos nach Asien abgereist war. Auch er war überrascht und konnte es nicht verstehen. Wir verabredeten, dass wir uns nun regelmäßig sehen. Wir brauchten Beide einen Menschen, der uns Halt gab.

Am Wochenende kam Simon vorbei. Ich hatte ihm bisher nicht gesagt, dass es mit mir und Tim aus war.

Simon hatte Kuchen mitgebracht.

Ich kochte für ihn Kaffee und für mich Tee, dann hielt ich es nicht länger aus. Ich musste meinem Bruder endlich anvertrauen, was los war.

Nachdem ich Simon mein Herz ausgeschüttet hatte, sagte er lange nichts.

Er stand auf und kam um den Tisch herum zu mir. Dann nahm er mich in den Arm und drückte mich lange.

„Ach Stella, was ist das denn bloß, dass Du kein Glück mit den Männern hast. Du tust mir unendlich leid. Das hast Du nicht verdient!" sagte er.

Ich weinte leise an Simons Schulter.

„Aber das Verhalten von Tim war wirklich völlig überzogen. So hatte ich ihn eigentlich nicht eingeschätzt!"

„Ich kann es auch immer noch nicht verstehen. Es tut so weh!" antwortete ich.

„Hatte er denn vielleicht einen anderen Grund? Der Streit kann es doch nicht gewesen sein!" erwiderte Simon.

„Ich weiß es wirklich nicht. Er hat mir einmal gesagt, dass er oft sehr eifersüchtig ist. Aber ich habe ihm wirklich keinen Grund dafür gegeben."

Ich war wirklich ratlos.

Die nächsten Wochen war ich ziemlich beschäftigt. Eine Kollegin fiel längerfristig aus. Sie hatte sich das Bein gebrochen. Also mussten wir ihren Unterricht mit übernehmen. Mir war es recht, so konnte ich mich ablenken.

Ich traf mich ein paar Mal mit Paul. Unsere Treffen taten mir gut.

Ein paar Tage später saßen wir auf meinem Balkon. Es war noch einmal richtig warm und wir genossen die letzten Sonnenstrahlen.

Wir hatten schon ein paar Gläser Wein getrunken, deshalb bot ich Paul an, bei mir im Gästezimmer zu übernachten.

Am Morgen öffnete sich meine Schlafzimmertür und Paul schaute vorsichtig hinein.

„Ich hole uns Brötchen. Lässt Du mich gleich wieder in die Wohnung?" fragte er leise.

Ich nickte verschlafen.

Paul schaute mich von der Tür aus lange an, dann setzte er sich zu mir aufs Bett und beugte sich über mich.

Er küsste mich zärtlich. Sofort fühlte ich mich um Jahre zurück versetzt.

Als Paul mich wieder losließ, war ich verunsichert. Es fühlte sich nicht richtig an.

Nachdem Paul die Wohnung verlassen hatte, kletterte ich aus dem Bett und ging schnell unter die Dusche. Ich hatte mich gerade angezogen, als es wieder an der Tür klingelte.

Paul schwenkte die Brötchentüte und gab mir einen Kuss auf die Nase.

Ich deckte den Küchentisch. Paul stand neben mir und beobachtete mich.

„Du bist so schön. Noch schöner als früher!" sagte er auf einmal.

Er nahm mir die Teekanne aus der Hand und stellte sie auf den Tisch. Dann strich er mir die Haare zur Seite und küsste mich.

Ich konnte den Kuss nicht erwidern. Irgendetwas in mir sträubte sich gegen seine Zärtlichkeiten.

„Lass Dir Zeit Stella! Ich will Dich nicht bedrängen!" sagte Paul, der es gemerkt hatte.

Nach dem Frühstück verabschiedete sich Paul. Er hatte noch einen Termin und musste in seine Agentur.

Ich hatte heute erst zur dritten Stunde Unterricht und noch etwas Zeit, bevor ich losmusste.

Ich räumte den Tisch ab, als mir plötzlich schrecklich übel wurde. Ich ließ alles stehen und rannte ins Badezimmer. Dort musste ich mich übergeben.

Ich atmete ein paar Mal tief ein. Nach einer Weile ging es mir besser.

Wahrscheinlich waren mir die Trennung von Tim und die Ungewissheit auf den Magen geschlagen.

Ich wusch mir das Gesicht und putze mir die Zähne. Dann musste ich mich anziehen und ich fuhr zur Schule.

„Du siehst aber blass aus!" sagte meine Kollegin Sonja. Sie war seit diesem Jahr neu an unserer Schule. Sie unterrichtete Sport und Literatur.

„Mir war heute Morgen schrecklich übel. Ich habe mir wahrscheinlich den Magen verdorben", antwortete ich.

„Möchtest Du einen Tee?" fragte Sonja besorgt.

„Das wäre nett. Ich hoffe, dann beruhigt sich mein Magen!" antwortete ich.

Sonja ging in unsere kleine Küche und kochte Wasser für den Tee.

Dann brachte sie mir einen Becher, aus dem es herrlich roch.

„Meine Spezialmischung!" sagte sie und lachte.

Eine halbe Stunde später ging es mir etwas besser und ich brachte den Unterricht irgendwie hinter mich.

Zuhause legte ich mich ins Bett und verschlief den Nachmittag. Danach ging es mir wieder gut.

Ich kochte mir Pasta und wollte dazu ein Glas Weißwein trinken. Als ich die Flasche entkorkte, wurde mir wieder übel. Ich nahm die Flasche und stellte sie wieder in den Kühlschrank. Ich wollte meinen Magen nicht überfordern.

In den nächsten Tagen plagte mich immer wieder diese Übelkeit. Außerdem war mir schwindelig.

Vielleicht sollte ich doch zum Arzt gehen.

Am Nachmittag rief ich meinen Hausarzt an und vereinbarte einen Termin.

Ich durfte schon am nächsten Tag kommen und saß nervös im Wartezimmer. Hoffentlich hatte ich kein Magengeschwür.

„Na, Frau Martin, wo drückt der Schuh?" fragte Dr. Wimmer, als ich an seinem Schreibtisch Platz nahm.

Ich schilderte ihm meine Beschwerden und musste mich dann auf eine Behandlungsliege legen.

Dr. Wimmer tastete meinen Bauch ab.

„Der Blinddarm ist es nicht. Hatten Sie viel Stress in letzter Zeit? Ich vermute eine Magenschleimhautentzündung!" sagte er.

Er gab mir ein Rezept und lächelte.

„Das wird schon wieder. Wenn nicht, dann melden Sie sich bitte", sagte Dr. Wimmer.

In der Apotheke bediente mich eine engagierte junge Frau.

„Das Medikament ist gegen Gastritis!" sagte sie. „Haben sie Magenschmerzen?"

„Eigentlich nicht. Ich habe eher Übelkeit, meistens morgens!" antwortete ich.

Die Apothekerin schaute überrascht.

„Man muss dann vielleicht auch an eine Schwangerschaft in Betracht ziehen, waren sie schon beim Frauenarzt?" fragte sie.

„Das kann nicht sein!" sagte ich entrüstet. „Ich bin vierzig Jahre alt."

Die Apothekerin lächelte.

„Das ist doch noch jung genug!" sagte sie.

„Bevor ich Ihnen diese starken Magentabletten mitgebe, würde ich Ihnen einen Schwangerschaftstest empfehlen."

Sie ging an ein Regal und holte so einen Test aus einer Schublade.

„Machen Sie erst den Test. Das Rezept behalte ich hier. Wenn Sie nicht schwanger sind, dann kommen Sie bitte morgen nochmal vorbei!" sagte sie bestimmt.

Ich ärgerte mich etwas über die Apothekerin. Dann nahm ich aber doch den Schwangerschaftstest mit. Es konnte ja nichts schaden den Test zu machen. Dann war ich auf der sicheren Seite.

Zuhause legte ich den Test auf das Waschbecken im Badezimmer.

Ich suchte nach einem Becher, weil ich eine Urinprobe machen musste.

Nachdem ich den Test erledigt hatte, ging ich ins Wohnzimmer und schaute auf die Uhr. In fünfzehn Minuten sollte das Ergebnis da sein.

Eine Viertelstunde später war ich doch etwas nervös und als ich das Testergebnis sah, dachte ich, jemand zieht mir den Boden unter den Füßen weg.

Der Test war positiv! Ich war schwanger!

Damit hatte ich überhaupt nicht gerechnet, es erklärte aber meine Übelkeit und die Aversion gegen gewisse Gerüche.

Ich setzte mich im Wohnzimmer auf die Couch und schaute aus dem Fenster.

Was sollte ich jetzt machen? Das konnte doch nicht sein.

Und dann musste ich an meine Mutter denken. Sie war noch älter als ich jetzt, als sie schwanger wurde.

Meine Gedanken drehten sich im Kreis. Ich musste unbedingt zum Frauenarzt. Vielleicht war das Ergebnis ja falsch.

Ich versuchte noch einen Termin bei meinem Frauenarzt zu vereinbaren, aber die Praxis war schon geschlossen.

In der Nacht schlief ich kaum. Die Vorstellung, dass ich Mutter werden würde, war so unwirklich für mich. Ich wälzte mich die ganze Nacht herum. Am Morgen rief ich in der Schule an und meldete mich krank. Ich wollte unbedingt Gewissheit und fuhr zu meinem Frauenarzt.

„Kann ich heute noch einen Termin haben? Bitte! Es ist sehr wichtig!" sagte ich zu der freundlichen Dame an der Anmeldung.

„Ich kann Sie noch einschieben. Es wird aber etwas dauern!" sagte die Arzthelferin. „Darf ich fragen, um was es geht?"

„Ich hatte einen positiven Schwangerschaftstest. Ich möchte es aber genau wissen!" sagte ich leise.

„Verstehe! Ich sehe, was ich machen kann!" antwortete die Arzthelferin lächelnd.

Ich musste fast zwei Stunden warten und wurde bald verrückt vor Aufregung. Irgendwann rief mich dann der Arzt in sein Sprechzimmer.

Dr. Schrader reichte mir die Hand und lächelte.

„Ich habe gehört, dass Sie bereits einen positiven Test gemacht haben?" fragte er.

Ich nickte.

„Ja, gestern Nachmittag!" sagte ich.

„Dann mache ich gleich die Ultraschalluntersuchung!" antwortete der Arzt.

Ich musste mich auf eine Liege legen. Dr. Schrader schob meine Bluse nach oben und verteilte Gel auf meinem Bauch. Dann setzte er den Ultraschallkopf an und bewegte ihn hin und her.

Ich schaute ihn die ganze Zeit an, um von seinem Gesicht etwas abzulesen. Aber er zeigte keine Regung.

Nach einer gefühlten Ewigkeit reichte er mir ein Tuch, damit ich das Gel entfernen konnte.

Ich setzte mich auf und schaute den Arzt erwartungsvoll an.

„Glückwunsch Frau Martin! Sie sind im dritten Monat!" sagte er dann.

Mir wurde kurz schwindelig. Ich war wirklich schwanger. Ich schlug die Hände vor das Gesicht und fing an zu weinen.

„Das sind doch hoffentlich Freudentränen!"
sagte Dr. Schrader.

Ich schüttelte den Kopf.

„Leider nein. Ich habe nie im Leben damit
gerechnet, dass ich nochmal schwanger
werden könnte. Außerdem habe ich mich
von dem Vater des Kindes getrennt. Das ist
alles zu viel für mich!" schluchzte ich.

„Das kann ich verstehen. Sie sind jetzt in
einer Ausnahmesituation. Ich schreibe Sie
erstmal krank. Es ist in ihrem Alter sowieso
eine Risikoschwangerschaft. Wir müssen
auf Sie aufpassen!"

Der Arzt nahm meine Hand.

„Sie gehen jetzt nach Hause und rufen
jemanden an, mit dem Sie reden können.
Überlegen Sie sich alles in Ruhe. Wir haben
noch etwas Zeit, falls Sie sich für eine
Abtreibung entscheiden sollten. Ich hoffe
aber, Sie finden eine andere Lösung!" sagte
Dr. Schrader.

Als ich wieder zuhause war, rief ich im
Sekretariat meiner Schule an.

Ich sagte Bescheid, dass ich zwei Wochen krankgeschrieben war.

Dann kochte ich mir einen Tee und legte mich auf die Couch. Ich hatte wieder diese leichte Übelkeit und ich hatte Angst.

Was sollte nun werden? Würde ich es schaffen ein Kind allein groß zu ziehen? Sollte ich Tim informieren? Würde das Kind gesund sein?

Mir fielen immer neue Fragen ein und ich wusste nicht, was ich machen sollte.

Ich brauchte wirklich dringend jemanden mit dem ich reden konnte.

Claudia war mit ihrem Freund Rolf in Holland und Simon war mir in diesem Fall keine Hilfe.

Also rief ich Paul an. Er versprach am Abend vorbei zu kommen.

Den Nachmittag verschlief ich. Als ich wach wurde, war mir kalt und ich hatte Hunger.

Ein Blick in den Kühlschrank ließ meinen Magen noch lauter knurren. Es gab nur ein paar Tomaten und ein Stück Käse.

Irgendwie hatte Paul es schon geahnt, dass es bei mir nichts zu essen gab. Er brachte von unterwegs Pizza mit.

Ich verteilte die Pizzastücke auf zwei Teller und gab Paul eine Flasche Bier.

„Trinkst Du nichts?" fragte er, als ich mich neben ihn setzte.

Ich schüttelte den Kopf.

Wir aßen eine Weile schweigend.

„Willst Du mir nicht sagen, was mit Dir los ist?" fragte Paul in die Stille hinein.

Ich legte mein Pizzastück zurück auf den Teller. Ich hatte plötzlich keinen Hunger mehr.

Ich sah Paul an und er nahm meine Hand.

„Komm! Raus damit, so schlimm wird es schon nicht sein!" munterte er mich auf.

„Ich bin schwanger!" flüsterte ich.

Paul ließ meine Hand los und stand auf. Dann ging er wortlos in die Küche und holte sich noch ein Bier.

„Na, das ist ja eine Überraschung. Seit wann weißt Du es?" fragte er sichtlich angespannt.

„Ich war heute beim Arzt. Ich bin im dritten Monat!" antwortete ich.

„Ich nehme an, dass Tim der Vater ist?" wollte Paul wissen.

„Was denkst Du denn? Natürlich ist er es. Es gab keinen anderen Mann!" sagte ich gereizt.

Paul nickte und trank einen großen Schluck. Nach einer Weile hatte er sich gefangen und er setzte sich wieder neben mich.

„Was wirst Du jetzt tun? Willst Du das Kind?" fragte er vorsichtig.

„Ich weiß es nicht. Auf der einen Seite bin ich gerade überglücklich. Ich habe doch im Leben nicht mehr damit gerechnet Mutter zu werden. Aber ich habe auch Angst, dass ich es nicht allein schaffe!"

Paul zog mich zu sich.

„Du bist doch nicht allein. Außerdem kenne ich keine Frau, die so emanzipiert und stark ist wie Du!" antwortete Paul.

„Ich war aber auch noch nie schwanger!" sagte ich.

Paul lachte.

„Wirst Du es Tim sagen?" fragte er.

Ich schüttelte den Kopf.

„Ich will nicht, dass er wegen des Kindes zu mir zurück kommt!" sagte ich.

„Meinst Du nicht, er hat ein Recht darauf es zu erfahren?" erwiderte Paul.

„Er hat das Recht darauf verwirkt, als er ohne ein Wort das Weite gesucht hat!" antwortete ich wütend.

Paul blieb noch eine Weile und verabschiedete sich dann mit den Worten:

„Wenn Du Hilfe brauchst, melde Dich. Ich bin immer für Dich da!"

Mir kamen die Tränen.

„Danke Paul!" antwortete ich.

Als ich wieder allein war, wurde ich plötzlich von einem Glücksgefühl erfasst. Erst jetzt hatte ich realisiert, dass ich ein Baby bekommen würde.

Ich legte meine Hände auf den Bauch.

Ich wusste in diesem Moment, dass ich das Kind haben wollte. Ich fing jetzt schon an es zu lieben.

Ich blieb die nächsten beiden Wochen zuhause. Die Übelkeit ließ langsam nach. Ich hatte nochmal einen Termin bei meinem Frauenarzt. Ich teilte Dr. Schrader mit, dass ich das Kind bekommen wollte. Erst jetzt gratulierte er mir.

„Alles Gute Frau Martin! Das ist die richtige Entscheidung!" sagte er und gab mir die Hand.

Ich vereinbarte den nächsten Termin und fuhr dann zu Simon.

Ich hatte ihn am Morgen angerufen und mich für den Abend eingeladen.

Nach dem Abendessen gingen die Mädchen in ihre Zimmer. Simon, Martina und ich saßen am Küchentisch.

Ich holte tief Luft und erzählte den Beiden, dass ich schwanger war.

Martina sprang gleich auf. Sie umarmte mich herzlich und gratulierte mir. Simon blieb sitzen und machte ein ungläubiges Gesicht.

„Wie konnte das denn passieren?" fragte er.

„Hast Du in Biologie nicht aufgepasst?" fragte ich ironisch.

Simon grinste.

„Sehr witzig!" sagte er. „Habt ihr denn nicht verhütet?"

„Natürlich haben wir verhütet. Aber ich vertrage die Pille nicht und alle anderen Sachen sind eben nicht so sicher!" erwiderte ich.

„Und wie geht es jetzt weiter? Willst Du das Kind allein aufziehen?" fragte Simon mit ernster Miene.

„Ich werde das schaffen. Finanziell geht es mir ganz gut und ich freue mich auf dieses Kind!" sagte ich glücklich.

„Ich muss Dich das fragen!" antwortete Simon. „Das Kind ist doch von Tim. Er sollte erfahren, dass er Vater wird."

„Das will ich nicht. Wie er sich verhalten hat, ist er sowieso nicht reif genug, ein Kind groß zu ziehen!" erwiderte ich.

Martina legte die Hand auf meinen Arm.

„Überleg es Dir. Es ist nicht richtig, es Tim zu verschweigen. Kannst Du ihn denn nicht erreichen?" sagte sie.

Ich schüttelte entschlossen den Kopf.

„Er ist noch bis zum Frühjahr in Asien. Vielleicht sogar noch länger. Ich habe seine aktuelle Telefonnummer sowieso nicht!" sagte ich lauter als ich wollte.

Simon und Martina versuchten noch ein paar Mal mich davon zu überzeugen, mich mit Tim in Verbindung zu setzen. Aber nach seiner Reaktion auf unseren Streit und seiner überstürzten Abreise, hatte ich kein Vertrauen mehr zu ihm.

In der nächsten Woche ging ich wieder arbeiten, aber ich erzählte noch keinem von meiner Schwangerschaft. Es würde noch früh genug Gerede geben.

Lediglich meine Kollegin Sonja fragte nochmal nach meinem Befinden. Ich redete mich erstmal heraus.

Ende Oktober musste ich zur nächsten Kontrolle beim Frauenarzt erscheinen.

Dr. Schrader war sehr zufrieden. Bei der Ultraschalluntersuchung lächelte er plötzlich.

Nachdem ich mich wieder angezogen hatte, deutete er auf den Stuhl vor seinem Schreibtisch.

Als ich mich gesetzt hatte, sagte der Arzt:

„Frau Martin, ich konnte es erst heute bei der Untersuchung richtig erkennen. Möchten Sie wissen welches Geschlecht ihr Baby hat?"

Ich musste erstmal tief einatmen. Dann strich ich über meinen Bauch und nickte.

„Es wird ein Junge!" antwortete der Arzt. „Jetzt können Sie sich schon einen Namen überlegen."

Dr. Schrader schaut zu mir und lächelte freundlich.

„Wir sehen uns in zwei Wochen wieder."

„Denken Sie daran, dass Sie sich nicht zu sehr anzustrengen. Eine Schwangerschaft in ihrem Alter ist risikoreich!" warnte der Arzt.

Ich nickte und stand auf.

„Danke Her Doktor. Ich lasse mir draußen gleich den nächsten Termin geben. Bis dann!"

Der Geburtstermin war für Mitte April ausgerechnet. Bis dahin war noch eine Menge vorzubereiten und es wurde langsam Zeit, in der Schule Bescheid zu sagen.

Wie ich es schon erwartet hatte, war ich das Gesprächsthema Nummer eins.

Bettina gratulierte mir und fragte auch gleich nach, wann ich denn jetzt heiraten würde.

„Gar nicht!" sagte ich. „Ich werde das Kind allein aufziehen!"

„Und Dein junger Freund? Will er das Kind nicht?" wollte Bettina wissen.

„Ich habe mich von Tim getrennt!" antwortete ich kurz angebunden.

Bettina machte große Augen. Als ich das Klassenzimmer verließ, sah ich, wie sie gleich zu den anderen Kollegen lief, um es ihnen zu erzählen.

Ich nahm mir vor, mich von Bettina zu distanzieren. Sie war nur froh, wenn sie etwas zu tratschen hatte.

Die nächsten Wochen verliefen ohne große Ereignisse. Mein Bauch wuchs, aber mir ging es gut.

Die Kontrolluntersuchungen waren auch alle unauffällig.

Weihnachten feierte ich bei Martina und Simon.

„Das nächste Weihnachtsfest wirst Du schon mit Deinem Kind feiern. Das ist immer ein besonderes Ereignis!" sagte Martina. „Wir haben übrigens auch ein Geschenk für Dich!"

Martina und Simon schauten geheimnisvoll.

„Komm mal mit vor die Tür!" sagte Simon und schob mich zum Eingang.

Draußen stand Martinas alter VW Golf. Er war mit einer riesigen roten Schleife geschmückt.

Ich konnte es kaum glauben.

Simon grinste.

„Du brauchst demnächst ein Auto, oder willst Du das Kind mit dem Fahrrad spazieren fahren?" sagte er.

„Wir haben den Wagen noch frisch durch den TÜV gebracht und ich bekomme einen neuen!" sagte Martina und strahlte.

„Ist das euer Ernst?" fragte ich überglücklich.

Ich hatte mir schon Gedanken darüber gemacht, wie ich ohne Auto alles erledigen konnte.

„Er gehört Dir!" sagte Simon und überreichte mir den Autoschlüssel.

An den Weihnachtsfeiertagen machte ich ein paar kurze Touren, um wieder sicherer zu werden. Ich war ja ein paar Jahre ohne Auto ausgekommen.

Bei einer dieser Touren kam ich auch an dem Haus vorbei, in dem Tim wohnte.

Es war alles dunkel. Wahrscheinlich war Tim immer noch in Hongkong.

Mit meinem Auto konnte ich nun auch in diverse Geschäfte für Kindermöbel fahren.

Über kurz oder lang musste ich aber umziehen. Meine Wohnung war auf Dauer zu klein.

Es gab kein Kinderzimmer.

Einmal kam Paul mit, um mir mit dem neuen Kinderbett zu helfen. Ich durfte ja nicht mehr so schwer tragen. Er baute es auch zusammen und wir stellten es neben mein Bett im Schlafzimmer.

So langsam wuchs mein Bauch und einige Dinge fielen mir schwer.

Claudia half mir ein paar Mal im Haushalt und war mir auch sonst eine große Stütze. Sie war sehr glücklich mit Rolf. Die beiden waren in er Zwischenzeit zusammen gezogen. Ich freute mich sehr für sie.

Ich ging nicht mehr arbeiten. Mein Arzt hatte mich bis auf weiteres krankgeschrieben.

Dr. Schrader wollte das Risiko für mich so klein wie möglich halten. Ich war bei ihm in sehr guten Händen.

Im Frühjahr wurde die Schwangerschaft dann anstrengend. Ich konnte mich nicht mehr richtig bücken und hatte Schlafstörungen. Der Geburtstermin rückte immer näher und ich wurde nervös.

Vier Wochen vor dem errechneten Termin klingelte es bei mir. Ich wuchtete mich aus dem Sessel und ging zur Wohnungstür. Ich öffnete und dachte kurz mein Herz bleibt stehen.

Vor der Tür stand Tim!

Er schaute ungläubig auf meinen Bauch. Dann drehte er sich ohne ein Wort um und lief die Treppe hinunter. Ich wollte ihm nachlaufen, aber mit meinem dicken Bauch war das keine gute Idee.

Ich ging völlig verstört zurück in meine Wohnung, weil ich nicht damit gerechnet hatte, dass Tim sich überhaupt noch einmal bei mir melden würde.

Meine Hände zitterten. Ich musste mich erstmal setzen.

Zwei Stunden später bekam ich auf einmal starke Unterleibschmerzen. Ich bekam Angst und rief Martina an.

Sie kam sofort und überlegte nicht lange.

„Hast Du Deine Sachen für das Krankenhaus gepackt?" fragte sie besorgt.

Ich nickte und versuchte aufzustehen. Dann merkte ich auf einmal, dass meine Fruchtblase geplatzt war.

Martina nahm ihr Handy und rief den Notarzt.

Sie holte meine kleine Tasche für die Geburt aus dem Schlafzimmer.

Zehn Minuten später war der Notarzt da und ich wurde ins Krankenhaus gebracht.

Ich konnte vor Angst keinen klaren Gedanken fassen.

In der Notaufnahme ging alles ganz schnell.

Ich bekam über eine Infusion ein Medikament und ein Frauenarzt untersuchte mich gründlich.

„Machen Sie sich keine Sorgen. Das Kind ist putzmunter. Es wird allerdings früher kommen. Wir behalten Sie hier. Alles wird gut!" sagte der freundliche Arzt.

So langsam beruhigte ich mich. Trotzdem hatte ich Angst, dass noch etwas passieren könnte.

Ich wurde auf die Station gebracht. Eine Krankenschwester nahm mich Empfang und brachte mich auf mein Zimmer.

In der Zwischenzeit war auch Martina im Krankenhaus eingetroffen. Sie klopfte an meine Zimmertür und schaute vorsichtig hinein.

„Ich habe Simon angerufen. Er kommt direkt nach der Arbeit!" sagte Martina.

Sie schob einen Stuhl an mein Bett und setzte sich.

„Hast Du Dich heute Morgen irgendwie überanstrengt oder warum hattest Du plötzlich Wehen?" fragte sie.

Erst jetzt fiel mir wieder ein, dass ich mich wegen Tims Auftauchen so aufgeregt hatte.

Ich erzählte Martina, dass Tim heute auf einmal vor meiner Tür gestanden hatte.

„Und was hat er dazu gesagt, dass er Vater wird?" fragte Martina.

„Er hat erst gar nicht abgewartet, was ich zu sagen habe. Er hat meinen Bauch gesehen und ist gleich wieder gegangen!" antwortete ich traurig.

„Willst Du immer noch nicht, dass er Bescheid weiß?"

Martina schaute mich fragend an.

„Ich weiß nicht, was richtig ist. Ich hätte Tim jetzt so gern bei mir. Er fehlt mir unendlich. Aber ich habe Angst, wie er reagiert!" sagte ich leise.

„Soll ich mal mit ihm reden?" fragte Martina vorsichtig.

„Bitte nicht! Ich muss das selbst tun. Aber jetzt nicht. Erst muss unser Kind gesund auf die Welt kommen!" erwiderte ich.

Martina legte die Hand auf meinen Arm.

„Ich fahre jetzt nach Hause. Simon kommt dann später vorbei. Es wird alles gut gehen!" sagte Martina und stand auf.

Nachdem sie gegangen war, schlief ich direkt ein. Ich war so müde nach der ganzen Aufregung, dass ich später gar nicht merkte, dass Simon neben meinem Bett saß.

„Wie geht es Dir Stella?" fragte er besorgt.

„Im Moment ganz gut. Ich weiß nicht, was in der Infusion ist, aber es wirkt!" antwortete ich müde.

„Der Arzt war eben hier, als Du geschlafen hast. Er ist ganz zuversichtlich", antwortete Simon. „Meinem zukünftigen Neffen geht es wohl gut!"

Ich musste lächeln. Simon würde bestimmt ein wunderbarer Onkel werden.

Mein Bruder blieb eine Stunde und verabschiedete sich dann, weil er Martina versprochen hatte, pünktlich zum Essen wieder zuhause zu sein.

„Ganz so schlecht schmeckt es nicht mehr, was sie kocht!" sagte Simon zum Abschied.

Er lachte und schloss dann die Tür hinter sich.

Kurz danach kam eine Krankenschwester ins Zimmer und fragte, wie es mir geht.

Nachdem ich keine Schmerzen mehr hatte, entfernte sie die Infusion.

Danach holte sie mein Abendessen und stellte das Tablett auf meinen Nachttisch.

Später rief ich dann erst Claudia und danach Paul an, um ihnen zu sagen, dass ich im Krankenhaus bin.

Ich war gerade wieder eingeschlafen, als ich einen stechenden Schmerz spürte. Ich klingelte gleich nach der Krankenschwester.

Diese tastete meinen Bauch ab und rief dann den Stationsarzt.

Er ordnete an, dass ich an den Wehen Schreiber angeschlossen wurde.

Er schaute auf den Monitor und dann sagte er:

„Wir müssen das Kind holen, die Herztöne werden immer schwächer!"

„Oh nein!" sagte ich voller Panik.

„Wir müssen einen Kaiserschnitt machen. Das ist am sichersten. Haben Sie keine Angst. Ich passe auf sie auf!"

Der Stationsarzt tätschelte meine Hand und gab dann der Krankenschwester ein Zeichen.

Kurze Zeit später wurde ich in den Operationssaal gebracht. Dann bereitete man mich vor. Meine Angst stieg mit jeder Minute.

„Ich werde jetzt die Narkose einleiten!" sagte er Arzt.

Ich wollte noch etwas darauf antworten, dann wurde es schwarz um mich.

Als ich die Augen wieder aufschlug, wusste ich zuerst nicht, was geschehen war. Erst langsam kam ich wieder zu mir. Ich strich über meinen Bauch und bekam plötzlich furchtbare Angst.

Ich schaute mich um. Ich war allein im Raum.

Ich wollte nach jemanden rufen, aber ich konnte nur krächzen. Mein Hals schmerzte höllisch.

Plötzlich öffnete sich die Tür und ein Arzt kam auf mich zu.

„Was ist mit meinem Kind!" versuchte ich zu fragen.

„Es ist alles gut gegangen. Sie haben einen wunderschönen Sohn. Er wird gerade auf der Säuglingsstation versorgt. Er ist ein bisschen klein, aber das holt er in den nächsten Wochen alles nach!" antwortete der Arzt.

Ich fing vor Erleichterung an zu weinen. Ich konnte mich gar nicht beruhigen.

Jetzt kam die ganze Anspannung der letzten Wochen heraus.

„Wann darf ich ihn sehen?" fragte ich leise.

„Sie werden gleich auf die Entbindungsstation gebracht. Dann dürfen sie ihn in den Arm nehmen!" erwiderte der Arzt. „Aber seien sie vorsichtig. Sie haben gerade eine Operation hinter sich. Sie werden noch ein paar Tage ziemliche Schmerzen durch den Kaiserschnitt haben."

Ich nickte und konnte es kaum erwarten, dass eine Krankenschwester mich auf die Station brachte.

Nach gefühlt einer Ewigkeit holte man mich endlich ab. Ich durfte nicht aufstehen, deshalb wurde ich mit dem Bett nach oben geschoben.

„Ich bringe Ihnen gleich ihren Sohn!" sagte die Krankenschwester. „Wie soll er denn heißen? Wir brauchen seinen Namen für unsere Unterlagen!"

„Es heißt Luis!" antwortete ich.

Die Krankenschwester nickte freundlich und kam nach fünf Minuten wieder in mein Zimmer.

Sie legte mir meinen Sohn in die Arme und ich weinte vor Glück. Er war wunderschön. Ganz zart mit verschwitzten dunklen Härchen. Ich drückte ihn sanft an meine Brust und er öffnete ganz leicht die Augen.

„Hallo Luis! Ich bin Deine Mama!" sagte ich glücklich.

„Ich bringe gleich das Kinderbettchen. Dann können Sie versuchen Luis zu stillen. Manchmal dauert es bis es klappt. Das ist aber ganz normal", sagte die Krankenschwester.

Ich küsste Luis auf sein Köpfchen und wiegte ihn hin und her. Er war schon wieder eingeschlafen.

Am nächsten Morgen informierte ich meine Familie und Freunde, dass Luis schon auf der Welt war.

„Heute brauchen wir noch etwas Ruhe, aber morgen könnt ihr uns gern besuchen kommen!" sagte ich.

Jetzt würde für mich ein ganz neues Leben beginnen und ich freute mich unendlich.

Nach zehn Tagen durften wir das Krankenhaus verlassen. Da ich immer noch Schmerzen durch die Narbe hatte, kam einmal am Tag eine Hebamme zur Unterstützung.

Da es viele Fragen gab, war ich froh, dass ich die ersten Tage eine Hilfe hatte.

Es klappte auch mit dem Stillen und Luis legte schnell an Gewicht zu.

Er war so ein hübscher Junge. Martina und Simon kamen abwechselnd fast jeden Tag vorbei, um uns zu besuchen.

Nach zwei Wochen besuchte mich auch Paul das erste Mal.

Er gratulierte mir und hatte für Luis ein Geschenk mitgebracht.

„Dein Sohn ist wunderschön. Aber bei der Mutter kein Wunder!" sagte er und grinste. „Aber sein Vater ist ja auch sehr attraktiv!"

Ich wurde rot. Der Gedanke an Tim löste bei mir immer noch große Trauer aus.

„Ich möchte nicht mehr darüber reden!" sagte ich gereizt.

„Okay, ich werde nicht mehr davon anfangen", antwortete Paul.

Es war mittlerweile April geworden und der Frühling kam mit aller Macht.

Luis war jetzt schon vier Wochen alt. Ich zog ihn nach dem Stillen an und ging nach unten ins Treppenhaus. Hier durfte ich den Kinderwagen abstellen.

Die Sonne schien von einem wolkenlosen Himmel. Es war schon richtig warm. Ich wollte in den nahegelegenen Stadtpark gehen und ein bisschen frische Luft tanken.

Ich schob Luis, der mit großen Augen im Kinderwagen lag, nach einer Weile zu einer Bank, die in der Sonne lag.

Es fiel mir nach dem Kaiserschnitt immer noch schwer, längere Strecken zu laufen.

Ich setzte mich und schloss die Augen. Es tat gut, die Frühlingsluft einzuatmen und die Sonne auf dem Gesicht zu spüren.

Auf einmal merkte ich, wie ein Schatten auf mich fiel. Ich öffnete die Augen und blinzelte.

„Darf ich mich zu Dir setzen?" hörte ich eine bekannte Stimme.

Ich konnte es nicht glauben, aber es war Tim.

Er schaute mich fragend an.

„Was machst Du hier?" fragte ich stattdessen.

„Ich war eben nochmal vor Deiner Wohnung, aber ich habe mich nicht getraut zu klingeln."

„Dann bist Du aus dem Haus gekommen und ich bin Dir hierher gefolgt!" sagte Tim leise.

Meine Stimme zitterte.

„Weißt Du eigentlich, wie sehr Du mir weh getan hast!" antwortete ich.

Tim nickte. Er machte ein schuldbewusstes Gesicht und setzte sich dann doch neben mich.

„Können wir über alles reden?" fragte er.

Seine Nähe löste in mir den Wunsch aus, mich an ihn zu schmiegen, aber ich rückte stattdessen etwas zur Seite.

„Nicht jetzt und nicht hier. Ich bin im Moment viel zu überrumpelt!" antwortete ich.

Tim schaute in den Kinderwagen.

„Wie heißt Dein Kind?" fragte er.

„Er heißt Luis und er ist unser Kind!" erwiderte ich.

Tim machte den Mund auf und gleich wieder zu. Es dauerte ein paar Minuten, bis er sich wieder gefangen hatte.

„Mein Sohn?" fragte er völlig aufgelöst.

„Was hast Du denn gedacht?" fragte ich empört.

„Stella, ich habe einen furchtbaren Fehler gemacht. Ich muss Dir alles erklären, aber im Moment muss ich erstmal realisieren, dass ich Vater bin!"

Er stand auf und schaute nochmal in den Kinderwagen.

„Ich kann es nicht glauben. Das ist ein Wunder!" sagte er zärtlich.

Er schaute mich an und sah sehr erschöpft aus.

„Wann darf ich Dir alles erklären?" fragte er.

Ich überlegte eine Weile, dann wurde mir klar, dass Tim diese Chance verdient hatte.

„Komm heute Abend vorbei. Dann schläft Luis und wir können reden!" erwiderte ich.

„Danke Stella!" antwortete Tim. Er wirkte unendlich erleichtert.

„Ich bin gegen zwanzig Uhr bei Dir!"

Dann drehte er sich um und ging den Weg zurück in die Richtung, aus der wir gekommen waren.

Erst jetzt konnte ich wieder klar denken. Mein Herz klopfte immer noch wie wild. Was war denn letztes Jahr passiert? Ich konnte mir keinen Reim daraus machen.

Am Abend war ich so nervös, dass sogar Luis es merkte. Er quengelte und wollte nicht schlafen.

Kurz vor acht klingelte es dann an meiner Tür.

Tim kam sichtlich nervös in meine Wohnung und schaute mich fragend an.

„Setz Dich doch. Möchtest Du etwas trinken?" fragte ich.

Tim nahm unsicher auf der Couch Platz.

„Hast Du ein Bier?" fragte er.

Ich nickte und ging in die Küche.

Als ich wieder zurückkam, war Tim schon wieder aufgestanden. Er lief unruhig im Wohnzimmer hin und her.

Ich reichte ihm die Bierflasche und den Öffner.

„Trinkst Du nichts?" fragte Tim.

„Ich darf nicht. Ich stille noch!" antwortete ich. „Aber ich hole mir ein Glas Orangensaft!"

Tim nippte an seinem Bier.

Ich sah Tim an, dass ihm die Situation sehr unangenehm war.

Er fing sofort an zu reden. Wahrscheinlich hatte er sich schon den ganzen Tag überlegt, was er sagen wollte.

„Stella, ich war so dumm. Ich kann Dir gar nicht sagen, wie leid mir alles tut!" flüsterte er.

„Was hat Dich denn so wütend gemacht. Es kann doch nicht unser kleiner Streit gewesen sein!" sagte ich.

Tim schüttelte den Kopf.

„Nein, das war es auch nicht. Es sind ganz viele Dinge zusammen gekommen!"

Tim atmete tief durch.

Ich schaute verwirrt, unterbrach Tim aber nicht.

„Du musst wissen, dass ich seit der Scheidung meiner Eltern extrem viel Angst habe, jemanden zu verlieren. Ich bin oft grundlos eifersüchtig. Das hat auch meine letzte Beziehung zerstört. Bei Dir wollte ich alles besser machen. Aber es ist voll danebengegangen."

Tim atmete schwer und trank einen Schluck Bier.

„Ich habe auf das Telefonat, mit Deinem Freund aus alten Zeiten, völlig überreagiert. Das war leider wieder der alte Tim", sprach er weiter.

„Nachdem ich mich später wieder beruhigt hatte, bin ich abends bei Dir vorbeigefahren."

Tim räusperte sich.

„Und dann habe ich Euch gesehen! Du hast im Auto eines Mannes gesessen. Ihr habt Euch umarmt und habt euch geküsst!" sagte Tim.

Ich hatte sofort wieder diese Situation vor Augen.

„Paul hat mich geküsst. Er hatte mich an diesem Abend nach Hause gebracht. Er hat immer noch Gefühle für mich. Ich aber nicht für ihn. Das habe ich ihm auch ein paar Tage später deutlich gesagt!" antwortete ich.

„Für mich sah es so aus, als ob ich nur ein Zeitvertreib für Dich war und Du Dich gleich mit dem Nächsten getröstet hast. Ich war so enttäuscht und wütend auf Dich!" erwiderte Tim.

Ich stöhnte leise.

„Dann bin ich am nächsten Tag ins Büro gefahren und habe den Auftrag in Hongkong angenommen. Eigentlich sollte Dirk fahren, aber ich habe ihn überredet, weil ich einfach nur weg wollte."

„Ich war ein paar Wochen später in Deinem Büro. Ich wollte unbedingt nochmal mit Dir sprechen!" sagte ich. „Dein Kollege Dirk hat mir dann gesagt, dass Du für ein halbes Jahr in Asien sein wirst!"

„Ich weiß, Dirk hat mir gesagt, dass Du im Büro warst. Er wollte Dir meine Telefonnummer geben, aber du wolltest sie nicht wissen. Das hat mich noch mehr verletzt."

Tim war ziemlich blass und seine Hände zitterten.

So langsam wurde mir klar, warum Tim so reagiert hatte. Aber da war wohl noch mehr.

„Warum bist Du zuletzt weggelaufen, als Du vor meiner Tür gestanden hast?" fragte ich vorsichtig.

„Ich war schon ein paar Mal vor Deinem Haus, nachdem ich wieder zurück in Deutschland war. Ich konnte Dich einfach nicht vergessen. Ich habe gesehen, dass dieser Paul ein paar Mal bei Dir war. Als ich Dich dann gesehen habe, dachte ich das Kind sei von ihm!"

Ich musste schlucken.

„Hast Du gedacht, ich bin gleich mit dem nächsten ins Bett gestiegen?" fragte ich enttäuscht.

„Ich wusste eigentlich gar nicht mehr, was ich denken soll. „Ich weiß nur, dass ich Dich immer noch liebe und dass ich ja anscheinend Vater geworden bin!"

Es entstand eine Stille, die unangenehm war.

„Glaubst Du mir, dass Luis von Dir ist, oder willst Du einen Vaterschaftstest?" fragte ich leise.

Tim schüttelte vehement den Kopf.

„Natürlich glaube ich Dir. Ich war so dumm und bin jetzt so froh, dass wir uns ausgesprochen haben. Ich habe nur eine Bitte!" antwortete Tim.

Ich hob fragend den Kopf.

„Ich möchte Luis so gern mal halten. Darf ich ihn auf den Arm nehmen?" fragte er.

„Natürlich darfst Du das! Du bist sein Vater!" sagte ich und lächelte.

Wir gingen leise in mein Schlafzimmer. Luis lag in seinem Bettchen und schaute zu einem Mobile, das sich über seinem Köpfchen befand.

Ich nahm ihn hoch und legte ihn Tim in die Arme.

Er schaute mich an und hatte Tränen in den Augen.

„Er ist so schön. Ich liebe ihn jetzt schon!" sagte er mit rauer Stimme.

Tim wiegte Luis in seinen Armen hin und her und fünf Minuten später war er eingeschlafen.

Wir legten ihn wieder in sein Bettchen und gingen zurück ins Wohnzimmer.

„Es ist ein unbeschreibliches Gefühl!" sagte Tim, als wir wieder auf der Couch saßen. „Ich habe so viel verpasst, weil ich so dumm war!"

Wir saßen noch bis tief in die Nacht zusammen und redeten uns alles von der Seele, was uns belastete. Ich hatte Tim so sehr vermisst. Erst jetzt spürte ich die große Sehnsucht, die ich so lange unterdrückt hatte.

„Ich habe Dir etwas mitgebracht!" sagte Tim und ging zu seiner Jacke, die er an der Garderobe aufgehängt hatte.

Ich schaute neugierig.

Dann holte er eine CD auf der Jackentasche und steckte sie in meinen CD Player.

Nach kurzer Zeit ertönte Tangomusik.

„Darf ich bitten?" fragte Tim.

Ich stand auf und schmiegte mich in seine Arme. Ich ließ mich von Tim führen und wir gaben uns der Musik hin.

Dann küssten wir uns.

„Ich liebe Dich!" sagten wir fast gleichzeitig.

Etwas später verabschiedete Tim sich und flüsterte mir ins Ohr:

„Wir schaffen das! Ich lass Dich nie wieder los!"

Nachdem ich die Tür hinter ihm geschlossen hatte, wusste ich plötzlich, dass jetzt alles gut werden würde. Ab jetzt waren wir eine Familie und ich freute mich auf eine gemeinsame Zukunft.

Die Liebe fragt nicht nach Alter, Geschlecht oder Nationalität. Sie findet immer einen Weg, man muss ihr nur eine Chance geben.

Bibliografische Information der Deutschen Nationalbibliothek: Die Deutsche Nationalbibliothek verzeichnet diese Publikation in der Deutschen Nationalbibliografie; detaillierte bibliografische Daten sind im Internet über dnb.dnb.de abrufbar.

Herstellung und Verlag: BoD – Books on Demand, Norderstedt
ISBN: 9783757887476